LA HAVANE

Cartoville Gallimard

W0201216

Bienvenue à La Havane !

Une carte générale de la capitale cubaine pour visualiser les 6 grands quartiers développés dans le guide. Toutes les informations pratiques, les bons plans et les conseils pour vivre au rythme de la ville.

Découvrir La Havane à travers ses 6 grands quartiers

A La Habana Vieja / Catedral
B La Habana Vieja / Belén
C Capitolio / Centro
D Malecón / Colón / San Leopoldo
E Cayo Hueso / Vedado / Miramar
F Plaza de la Revolución / Nuevo Vedado

Pour chaque quartier, une sélection d'adresses (restaurants – classés par ordre croissant de prix –, bars, clubs, boutiques), un choix de sites et de monuments précédés d'une étoile (★) et une carte pour localiser chaque lieu grâce au carroyage (**A** B2).

Transports et hôtels à La Havane

Une carte des transports et toutes les informations utiles pour se déplacer dans la ville. Une sélection d'hôtels classés par gamme de prix.

Index

Classés par ordre alphabétique et immédiatement repérables sur les cartes grâce à un renvoi au carroyage (**B** C3), les rues, les monuments et lieux de visite présentés dans l'ouvrage.

QUARTIERS DE LA HAVANE

Cigares

- Le *torcedor* roule trois types de tabac, *ligero*, *seco* et *volado*, dans la sous-cape puis la cape.
- Marques et modules sortent des manufactures d'État de la capitale selon les stocks de tabac.
- Les marques les plus célèbres : Cohiba, Montecristo, Partagás et Upmann.

Cocktails

Daïquiri : rhum, glace pilée et citron vert.
"Mojito" : rhum, citron vert et menthe fraîche.
"Cuba libre" : rhum, cola et citron vert.

Banco Financiero Internacional (**E** E3)
→ *Línea, n°1 esq. O*
Tél. 33 34 23 Lun.-ven. 8h-15h

Calendrier

Janvier
Día de la Liberación
→ *1er jan. 0h*
Discours de Fidel Castro célébrant la Révolution.
Mars
Festival de Cine Francés
Deux semaines de cinéma français.
Avril
Festival de Percusión
→ *5 jours*
Congas, *claves*, maracas...
Mai
1ro de Mayo
Discours de Fidel Castro.
Tournoi Hemingway
→ *Marina Hemingway*
Tournoi de pêche au marlin.
Juin
Festival de Boleros de Oro
→ *trois premières semaines*
Toute la tradition du *bolero*.
Juillet-août
26 de Julio
Discours et concerts célèbrent l'assaut de la caserne Moncada par Castro et une centaine de révolutionnaires en 1953.
Carnaval de La Habana
→ *2 dernières sem. de juil. et première sem. d'août*
Défilés costumés.
Octobre
10 de Octubre
Discours célébrant la guerre d'Indépendance de 1868.
Festival de Ballet
Troupes internationales.
Novembre
Maratón de La Habana
40 km de course à pied.
Bienal de Artes Plásticas
Réunit des plasticiens cubains et africains.
Décembre
Festival de Jazz Latino
Convie des stars du *Latin jazz*.
Festival Internacional del Nuevo Cine Latinoamericano
Le nouveau cinéma des pays latino-américains.

Horaires

Banques
→ *Lun.-ven. 9h-15h*
Magasins
→ *Lun.-sam. 10h-18h, dim. 10h-13h*
Bureaux
→ *Lun.-ven. 9h-17h*
Musées
→ *En général, mar.-sam. 9h-17h, dim. 9h-13h*

Adresses utiles

Poste
Correo Principal (**F** D2)
→ *Av. Rancho Boyeros e/ Aranguren y 19 de Mayo Tlj. 24h/24*
Correo Habana Uno (**A** C6)
→ *Plaza San Francisco de Asís Tlj. 24h/24*
Grande surface
La Época (**D** C4)
→ *Calle Galiano esq. Neptuno Tél. 66 94 23 Lun.-sam. 10h-18h30, dim. 9h30-13h30*
Alimentation, vêtements, cosmétiques...
Farmacia Internacional (D E3)
→ *Hotel Sevilla, Calle Trocadero, n°55 e/ Agramonte y Prado Tél. 861 57 03 Tlj. 9h-19h*
Clínica Central Cira García (E E2)
→ *Calle 20, n°4101 esq. Av. 41 Tél. 204 28 11 à 14*
Asistur (D E3)
→ *Prado, n°212 e/ Trocadero y Colón Tél. 33 85 27*
Perte, vol, hospitalisation, rapatriement.
Ambassade de France (E E1)
→ *Calle 14, n°312 e/ Av. 3ra y 5ta Tél. 201 31 31 Lun.-jeu. 8h30-13h, 14h-17h30 ; ven. 8h30-13h*

Médias

Presse internationale
Hotel Nacional (**E** E3)
→ *Calle O esq. 21 Tél. 873 35 64 à 67*
Presse nationale
"Juventud Rebelde"
Quotidien national.

Carte d'identité

- 3 millions d'hab.
- Capitale de la république socialiste de Cuba
- 1 $US = 26 pesos
- 6h à La Havane = midi à Paris
- Saison sèche : nov.-mai (25 °C) ; saison des pluies : août-sept. (29 °C)

Orientation

La ville est constituée de *quadras*, équivalentes aux *blocks* américains. On se repère aux intersections de rues : *e/* (*entre* deux rues) ; *esq.* (*esquina* = coin).

NUESTRA SEÑORA DEL CARMEN ET LA BAIE DE LA HAVANE

Musique cubaine

"Danzón" : genre dansant du XIXe s. qui s'accompagna de textes dès les années 1930.
"Rumba" : percussions, chants et danses perpétuant ceux des esclaves noirs.
"Son" : né à Santiago de Cuba à la fin du XIXe s., un mélange de sons espagnols et africains.
"Timba" : salsa locale mêlant rumba, jazz et funk, qui a les faveurs de la jeunesse.
"Trova" et "bolero" : poésie populaire chantée, souvent en duo. née à la fin du XIXe s. et très prisée des anciens.

Internet

Sites
→ **www.islagrande.cu**
Portail et moteur de recherche.
→ **www.cubatravel.cu**
Site officiel du tourisme.
→ **www.cubaturistica.com**
Où dormir, dîner et sortir.
→ **www.dtcuba.com**
Infos touristiques générales.
→ **www.guiacultural.com**
La culture à Cuba.
Cyber cafés
Hotel Santa Isabel (A C6)
→ *Calle Baratillo e/ Obispo y Narciso López Tél. 860 82 01 Tlj. 10h-20h*
Au bar de l'hôtel. 8 $US/h.
Cámara de Comercio (E C4)
→ *Calle 21 esq. A Tél. 833 80 40 Lun.-ven. 8h30-15h*
Moderne et prisé. 6 $US/h.
Etecsa (E E4)
→ *Calle 23 esq. O Tél. 55 45 01 Tlj. 8h-20h*
À côté du centre de presse international. 6 $US/h.
Capitolio (C E2)
→ *Tlj. 8h-20h*
Cabines individuelles. 5 $US/h.

Téléphone

La Havane-France
Hôtel :
→ *88 + 33 + n° du correspondant sans le 0*
Cabine :
→ *119 + 33 + n° du correspondant sans le 0*
France-La Havane
→ *53 + 7 + numéro du correspondant*
Indicatif de La Havane
→ *7*
À utiliser depuis les autres provinces de l'île.
Cabines publiques
Compagnie Etecsa
Cartes de 5, 10, 15, 20 ou 25 $US.
Numéros utiles
Police
→ *116*
Pompiers
→ *115*
Renseignements nationaux
→ *113*

Information

Pas d'office du tourisme mais des kiosques d'information et des agences de voyages.
Infotur (A C6)
→ *Calle Obispo esq. San Ignacio Tél. 863 68 84 Tlj. 9h-13h, 14h-19h*
→ *Calle Obispo esq. Villegas Tél. 33 33 33 Tlj. 9h-13h, 14h-19h*
Kiosque d'information : plans de la ville, visites guidées, billets de bus.
Havanatur (E E4)
→ *Hotel Habana Libre, Calle 23 esq. M Tél. 831 19 03 /832 15 21*
Billets d'avion, excursions et tous les services d'une agence de voyages.
Roots Travel (F E1)
→ *Hotel Colina, hab. 201, Calle L esq. 27 Tél. 55 40 05 Lun.-sam. 10h-18h*
Une agence française où réserver logement et voiture de location.

Change

Monnaies en vigueur
Dollar américain
Le plus prisé des Cubains.
Peso convertible
À parité avec le dollar.
Peso cubain
Réservé aux Cubains, s'utilise dans les taxis collectifs et la *guagua*, sur les marchés et pour acheter un en-cas dans la rue. 26 pesos valent 1 $US.
Retrait de pesos
Cadeca (Casa de Cambio) **(A** C6)
→ *Calle Lamparilla, n°4 esq. Oficios Tlj. 8h-22h*
Retrait de dollars
Banco de Credito y Comercio **(E** E3)
→ *Rampa, n°467 esq. Malecón Tél. 878 16 02 Lun.-ven. 8h30-15h*

Bienvenue à La Havane !

A La Habana Vieja / Catedral
B La Habana Vieja / Belén
C Capitolio / Centro
D Malecón / Colón / San Leopoldo
E Cayo Hueso / Vedado / Miramar
F Plaza de la Revolución / Nuevo Vedado

A
PARQUE MORRO-CABAÑA
VÍA MONUMENTAL
CASTILLO DEL MORRO
LA HABANA DEL ESTE
FORTALEZA SAN CARLOS DE LA CABAÑA
CANAL DE ENTRADA
D
CASTILLO SAN SALVADOR DE LA PUNTA
ESTRECHO DE LA FLORIDA
MALECÓN
CALZADA
LINEA
CALLE L
HOTEL NACIONAL
CALLE 23
CALZADA DE INFANTA
AVENIDA ANTONIO MACEO (MALECÓN)
PARQUE MACEO
SAN LÁZARO
(RAMPA)
AV. DE LOS PRESIDENTES
UNIVERSIDAD
PADRE VARELA
CENTRO HABANA
AVENIDA DE ITALIA
MARTÍ (PRADO)
PASEO DE
AGRAMONTE
AV. DEL PUERTO (CARLOS MANUEL DE CESPEDES)
Plaza de la Catedral
Plaza de Armas
Plaza de San Francisco de Asís
PARQUE CENTRAL
ZANJA
CAPITOLIO NACIONAL
LA HABANA VIEJA
Plaza Vieja
DRAGONES
BARRIO CHINO
AV. SIMÓN BOLIVAR
PARQUE DE LA FRATERNIDAD
PALACIO DE ALDAMA
AV. DE BÉLGICA
ESTACIÓN CENTRAL DE FERROCARRILES
MURALLA
DESAMPARADOS
AV. DE PUERTO
MÁXIMO GÓMEZ
C
BAHÍA DE LA HABANA
ENSEÑADA DE ATARÉS
B
CASTILLO DEL PRINCIPE
AVENIDA SALVADOR ALLENDE
CALZADA DE ZAPATA
RANCHO BOYEROS
Plaza de la Revolución
PASEO
CALZADA DE AYESTARÁN
CALZADA DE INFANTA
(ZALDO)
AVENIDA MANGLAR
(ARROYO)
AVENIDA DEL PUERTO
20 DE MAYO
AVENIDA D
AVENIDA
CERRO
AVENIDA DE MEXICO (CHRISTINA)
CASTILLO DE ATARÉS
PRIMER ANILLO DEL PUERTO
CALZADA DE
VÍA BLANCA
F
CALZADA DEL CERRO
CALZADA DEL DIEZ DE OCTUBRE
CALZADA DE LUYANÓ
0
0,5
1 km
1/ 40 000 - 1 cm = 400 m

CHAPPÉES

isite guidée de la vieille lle : *walking tour* (2h pied) ; *city tour* (4h pied et en bus).

n calèche (A C6)

→ *Plaza de San Francisco e Asís*

our commenté de la vieille ille (45 min) : 17 $US.

SPECTACLES, OISIRS, SPORTS

oîtes de nuit t cabarets

Makumba (hors cadre)

→ *Calle 222 esq. 37, a Coronela Tél. 33 05 68 Tlj. 21h-5h*

La boîte "in".

Cabaret Parisien (**E** E3)

→ *Hôtel Nacional Calle O esq. 21 Tél. 833 35 64 Ven.-dim. 21h-2h*

Music-hall très classique.

Tropicana (hors cadre)

→ *Calle 72, n° 4504 esq. 45, Marianao Tél. 227 01 10 Mar.-dim. 21h-2h*

Le meilleur show de la ville.

Gran Teatro (C E1)

→ *Prado, n° 458 esq. San José Tél. 861 30 77 à 79*

Danse, musique classique.

Iglesia San Francisco de Paula (B C3)

→ *Av. del Puerto esq. San Ignacio Tél. 860 42 10 Mar.-dim. 8h30-14h*

Musique baroque.

Pelota (base-ball)

Estadio Latinoamericano (**F** E3)

→ *Calle Patria esq. Pedro Pérez Tél. 870 65 27 Mar.-jeu., sam. 20h ; dim. 14h*

Cours de danse

Teatro Nacional (**F** D2)

→ *Paseo esq. 39 Tél. 879 60 23 / 873 57 13*

Cours de musique

Casa de la Cultura (**B** B2)

→ *Calle Aguiar, n°509 e/ Amargura y Teniente Rey Tél. 863 48 60*

Pêche au gros et plongée sous-marine

→ *Club Náutico, Calle 5 esq. 248, Marina Hemingway Tél. 204 16 89*

NE PAS OUBLIER

D'emporter

Antimoustique, anti-diarrhéique, analgésique, antibiotique à large spectre, crème solaire, lampe de poche.

Que l'on peut rapporter

50 cigares et 2 l de rhum (maximum autorisé par les douanes françaises).

LEXIQUE

"Botella" : auto-stop.

"El Uno / El Caballo" : Fidel Castro.

"Jinetero(a)" : prostitué(e).

"Peña" : "bœuf" musical.

"Santería" : culte afro-cubain révérant seize *orishas* (ancêtres divinisés d'origine africaine assimilés à des saints du calendrier catholique).

"Solares" : maisons coloniales divisées en logements bon marché.

ÉCHAPPÉES

Regla

→ *10 min en lancha (bateau) au départ de la Lonja del Comercio* (**B** C1)

De l'autre côté du port de La Havane, un vieux quartier dont l'église et le musée témoignent de l'importance de la *santería*.

La Finca Vigía de Hemingway

→ *San Francisco de Paula 15 km au sud*

Une jungle luxuriante entoure la résidence où l'écrivain rédigea *Îles à la dérive*, *L'Adieu aux armes* et *Le Vieil Homme et la Mer*.

Parque Lenine

→ *20 km au sud-est*

Un immense parc avec jardin botanique, zoo et aquarium.

Cojímar

→ *10 km à l'est*

Le village de pêcheurs immortalisé par Hemingway dans *Le Vieil Homme et la Mer*.

Playas del Este

→ *entre 18 et 40 km*

Les immenses plages de Bacuranao, Mégano, Boca Ciega, Santa María, Guanabo et Jibacoa se disputent les faveurs des Havanais.

Viñales

→ *3h de route à l'ouest*

Petit bourg du XIXe s. qui s'étend, avec ses plantations de tabac, au pied de spectaculaires *mogotes* (formations karstiques).

Trinidad

→ *5h de route au sud-est*

Merveilleuse petite ville coloniale, classée par l'Unesco au patrimoine mondial.

Quelques dates

1519 : fondation de San Cristóbal de la Habana.
1868-1878 et 1895-1898 : guerres d'Indépendance.
1902 : proclamation de la république de Cuba. L'île demeure de facto un protectorat américain.
1925-1959 : dictatures de Machado et de Batista.
1959 : Révolution de Fidel Castro et de Che Guevara.
1961 : rupture avec Washington et embargo économique américain.
1991 : début de la période de restrictions liées à l'effondrement du bloc communiste.
1994 : dépénalisation du dollar.

Architecture

Première architecture militaire (XVIe s.)
Plaza de Armas (**A** C5-C6), Castillo de la Real Fuerza (**A** C5).
Baroque colonial (XVIIe s.)
Architecture militaire et religieuse simple et sévère. Castillo del Morro (**A** A2), Convento de Santa Clara (**B** B2).
Baroque cubain (XVIIIe s.)
Richesse décorative (volutes, frontons) et emprunts à l'art mudéjar (plafonds de bois ouvragé). Palacio de los Capitanes Generales (**A** C6), Casa del Conde de Casa Bayona (**A** C5), Catedral (**A** B5).
Néoclassicisme (XIXe s.)
Sobre majesté des frontons triangulaires et des *medios puntos* (vitraux colorés qui coiffent les baies). El Templete (**A** C5), maisons du Prado (**D** E2).

CASA DE LA OBRAPÍA

SUR LE MALECÓN

FUMEUSE DE HAVANE

"Granma"
Quotidien officiel du Parti communiste cubain.
"Bohemia"
Revue hebdomadaire.
"Cartelera"
Hebdomadaire local sur l'actualité culturelle.
"Bienvenidos, guía del ocio y la cultura de Cuba"
Mensuel de l'office du tourisme.
Cubavisión
Télévision nationale.
Radio Rebelde
→ *97.6 FM*
Radio Taíno
→ *106.9 FM*

Restaurants

"Paladares"
Restaurants chez l'habitant, apparus dans les années 1990 et autorisés à servir jusqu'à 12 couverts. Les plus petits sont contraints de fermer, victimes d'une politique fiscale favorable aux restaurants d'État.
Restaurants d'État
Service lent et prix assez élevés. Les cafés proposent une restauration légère plus abordable.
Spécialités
La cuisine cubaine mêle influences espagnole, créole et chinoise. Les problèmes d'approvisionnement ne favorisent guère la variété des plats.
"Congri, moros y cristianos" : riz et haricots rouges ou noirs.
"Chicharrón" : couenne de porc rôtie et croustillante.
"Fufú" : banane verte bouillie, écrasée et salée.
"Mariquitas" : chips de banane verte.
"Tamales" : pâte de maïs cuite à la vapeur dans une feuille de bananier.
"Tostones" : galettes de banane verte frites.
"Viandas fritas" : tubercules frits (igname, taro, etc.).
"Yuca" : manioc agrémenté d'ail et d'orange amère.

Budget
Bouteille de vin : 15 $US.
Bière : 1-2 $US.
Cocktail : 3 $US.
Expresso / eau : 1-2 $US.
Repas : 15 $US.

Points de vue

Bar La Torre (E E3)
→ *Edificio Focsa, Calle 17, n°55 e/ M y N Tél. 55 30 88 Tlj. 12h-0h*
Faro del Castillo del Morro (A A2)
→ *Parque Morro-Cabaña Tél. 863 79 41 Tlj. 8h-20h30 (Faro : Tlj. 8h-19h)*
Memorial José Martí (F D3)
→ *Plaza de la Revolucíon Tél. 59 23 35 Lun.-sam. 9h30-17h30*

La Havane autrement

À pied (A C6)
→ *Infotur, Calle Obispo esq. San Ignacio Tél. 863 68 84 Tlj. 9h-13h, 14h-19h*

EL TEMPLETE

PLAZA DE LA CATEDRAL

★ **Plaza de Armas (A** C5)
L'ancienne place d'armes du XVIe s. et centre politique de la colonie espagnole est encadrée par de belles façades baroques. Ses allées qui convergent vers la statue de Céspedes – instigateur de la 1re guerre d'Indépendance (1868) –, ses palmiers royaux, ses fromagers et ses fontaines invitent à la flânerie.

★ **Museo de la Ciudad (A** C6)
→ *Calle Tacón e/ Obispo y O'Reilly Tél. 861 57 79 Tlj. 9h-18h*
Pour apprécier le train de vie fastueux des dignitaires espagnols de jadis, une magnifique collection de calèches, de meubles en bois précieux, de porcelaines et d'objets rares à découvrir derrière l'imposante façade baroque du Palacio de los Capitanes Generales (1791). Un étage est dévolu à l'art cubain des XIXe et XXe s.

★ **Castillo de la Real Fuerza (A** C5)
→ *Calle O'Reilly e/ Tacón y Baratillo Tél. 861 61 30 Tlj. 9h-17h30*
La première forteresse de l'île, bâtie en 1538 pour tenir les pirates en respect, fut reconstruite (1558-1577) après l'attaque du forban Jacques de Sores. Sa tour soutient la Giraldilla, statue d'Inés de Bobadilla guettant vainement le retour de son époux, le gouverneur de Sotto, parti conquérir la Floride. À voir : le Museo Nacional de la Cerámica.

★ **El Templete (A** C5)
→ *Calle Baratillo esq. O'Reilly Tlj. 9h30-18h*
Cet étonnant petit temple néoclassique avec fronton et colonnes doriques (1828) marque l'endroit où fut dite, en 1519, la messe célébrant la fondation de San Cristóbal de La Habana. À l'intérieur, trois peintures de Jean-Baptiste Vermay (1786-1833), élève de David.

★ **Plaza de la Catedral (A** B5)
Autour de cette vaste esplanade pavée, portiques réguliers et balcons en fer forgé courent le long de façad du XVIIIe s. qui forment, avec la cathédrale, l'un ensembles baroques les plus harmonieux de la v

★ **Catedral de San Cristóbal (A** B5)
→ *Calle Empedrado esq. San Ignacio Tlj. 10h-*
Deux solides tours asymétriques encadren l'opulente façade baroc de la cathédrale, dédié l'Immaculée Conceptio Sa construction, lancée

PLAZA DE ARMAS

MUSEO DE LA CIUDAD

CASTILLO DE LA REAL FUERZA

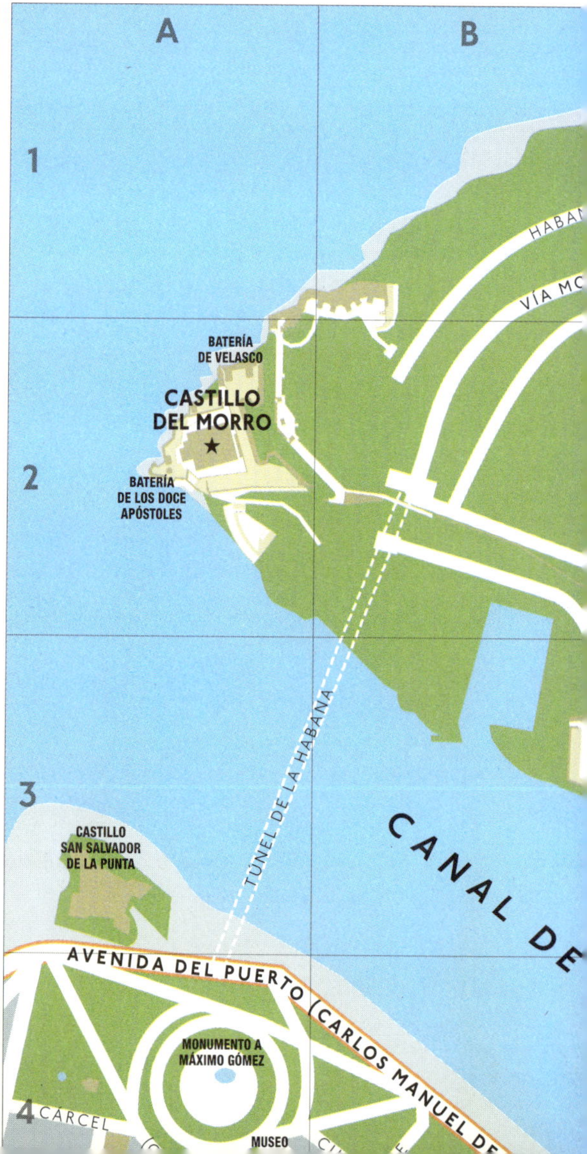

Le Castillo del Morro et la Fortaleza de San Carlos de la Cabaña veillent en fidèles vigies sur l'entrée du port de La Havane, que franchissent paquebots titanesques et frêles esquifs de pêcheurs. Classée au patrimoine mondial par l'Unesco en 1982, la vieille ville (La Habana Vieja) fait l'objet d'une restauration systématique. De la cathédrale à la Plaza de Armas, c'est un splendide patrimoine des XVIIe, XVIIIe et XIXe s. qui reprend ainsi vie. Derrière les élégantes façades coloniales de ce damier de ruelles pavées se dissimulent des patios à la fraîcheur inespérée et des trésors d'architecture baroque.

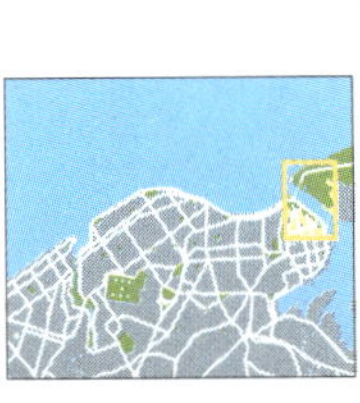

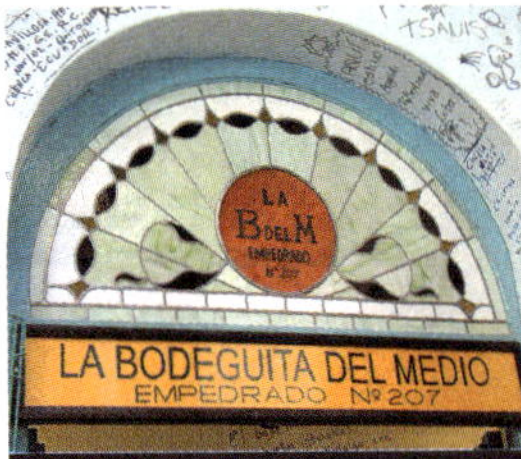

LA BODEGUITA DEL MEDIO

CAFÉ O'REILLY

Restaurants

El Tejadillo (A B5)
→ *Hotel Tejadillo, Calle Tejadillo, n°12 esq. San Ignacio*
Tél. 862 72 83 Tlj. 10h-22h
Un patio lumineux et une salle ouverte à tous les vents où grignoter des plats légers, un brin frugaux : tapas et brochettes de poulet, de poisson, de crevettes ou de langouste. 10 $US.

La Torre de Marfil (A C6)
→ *Calle Mercaderes e/ Obispo y Obrapía*
Tél. 857 10 38
Lun.-jeu. 12h-22h, ven.-dim. 12h-0h
Paravents laqués, tables basses et lanternes rouges rappellent l'importance de l'immigration chinoise à Cuba au XIXe s. Délicate cuisine cantonaise : *chop suey* de crevettes, *chow mein* de porc et poulet *Tip Pan*. À acheter au comptoir, sauces, épices et pharmacopée chinoise. 12 $US.

La Paella (A C6)
→ *Hostal Valencia, Calle Oficios esq. Obrapía*
Tél. 867 10 37 Tlj. 12h-23h
Une savoureuse paella déclinée sous toutes les formes (poisson, poulet, légumes, langouste...), à déguster dans un cadre colonial d'une sobre élégance : murs blanchis à la chaux, boiseries sombres et patio verdoyant. 15 $US.

Al Medina (A C6)
→ *Calle Oficios, n°12 e/ Obispo y Obrapía*
Tél. 867 10 41 Tlj. 12h-0h
Une seule carte pour toutes les spécialités du Bassin méditerranéen ! Au menu, falafel, taboulé, couscous, tagines, boulettes, brochettes, *shawarma*... Pour finir, des baklavas au miel, à s'en coller les doigts ! 15 $US.

D' Giovanni (A C5)
→ *Calle Tacón, n°4 esq. Mercaderes*
Tél. 860 59 79 Tlj. 12h-0h
Pour déjeuner en terrasse, à côté des pêcheurs et des joueurs de dominos, ou dîner sous les plafonds de style mudéjar de ce palais du XVIIe s. Les mélodies nostalgiques d'un vieux trio accompagnent les très italiennes lasagnes, pâtes et pizzas. 15 $US.

Los Doce Apóstoles (A A2)
→ *Batería de los Doce Apóstoles, sous le Morro, Parque Morro-Cabaña*
Tél. 863 82 95 Tlj. 12h-23h

MIRADOR DE LA BAHÍA

EL POLVORÍN

FERIA DE LA CATEDRAL

Ce restaurant est installé dans la robuste batterie des Douze Apôtres – les douze canons qui la protègent. À l'écart de la ville, donc, cuisine cubaine de qualité : bifteck de colombe, poulet *a la plancha* (grillé) et *picadillo* (viande marinée) à la créole. 15 $US.

La Bodeguita del Medio (A B5)
→ *Calle Empedrado, n° 207 e/ San Ignacio y Cuba Tél. 867 13 74 Tlj. 11h30-0h*
Les murs sont entièrement tapissés des signatures et des dessins que crayonnent les voyageurs après s'être régalés de porc grillé, de riz et de haricots noirs. Le bar, jadis fréquenté par Hemingway, s'enfièvre dès la tombée de la nuit. 25 $US.

BARS, CAFÉS

La Luz (A C6)
→ *Calle Obispo e/ Mercaderes y San Ignacio Tél. 860 31 58 Tlj. 24h/24*
Clientèle exclusivement cubaine ou presque dans ce bar où les hommes accoudés au zinc commentent avec fougue les matchs de *pelota*. On paie en pesos cubains.

Café O'Reilly (A B6)
→ *Calle O'Reilly e/ Cuba y San Ignacio Tlj. 9h-0h*
Des ventilateurs à pales et un escalier de fer forgé en colimaçon font tout le charme de ce bar un peu rétro. À l'étage, joli balcon où prendre un verre au-dessus de la rue.

Terraza del Ambos Mundos (A C6)
→ *Hotel Ambos Mundos, Calle Obispo esq. Mercaderes Tél. 860 95 30 Tlj. 7h-23h*
Calé dans un fauteuil en rotin et bercé par les notes des groupes cubains, on sirote un *mojito* tout en détaillant les toits de la ville, de la Plaza de San Francisco de Asís au Castillo del Morro.

El Mirador de la Bahía (A C6)
→ *Museo de Historia Natural, 5to piso, Calle Obispo e/ Barillo y Oficios Tél. 861 36 52 Tlj. 11h-0h*
En terrasse ou sous la véranda, rafraîchie par la brise marine. La vue plonge sur la rade du port, les forteresses et le *Christ* de La Havane.

Club Los Marinos (A D6)
→ *Av. del Puerto esq. Justiz Tél. 867 14 02 Tlj. 12h-0h*
Le plus ancien club nautique de La Havane, organisateur du tournoi de pêche Hemingway, pointe sa terrasse au-dessus des eaux du port.

La Tasca (A C3)
→ *Sous San Carlos de la Cabaña, Parque Morro-Cabaña Tél. 860 83 41 Tlj. 12h-23h*
Pour voir passer paquebots et petits bateaux de pêche, une jolie terrasse ombragée au-dessus de la mer, en face de La Habana Vieja.

El Polvorín (A A2)
→ *Sous le Morro, Parque Morro-Cabaña Tél. 863 82 95 Tlj. 15h30-4h*
De l'ancienne réserve de poudre de la batterie des Douze Apôtres, la vue porte jusqu'au bout du Malecón. La nuit, les corps se déhanchent et la "piste" s'électrise.

SHOPPING

Palacio de la Artesanía (A B4)
→ *Calle Cuba, n°164 e/ Peña Pobre y Cuarteles Tél. 867 11 18 Tlj. 9h-21h*
Un palais colonial où acheter cigares, rhum, disques et artisanat...

Feria de la Catedral (A B5)
→ *Calle Tacón esq. Chacón Mar.-sam. 8h-19h (sauf par temps de pluie)*
Artisanat local : poupées cubaines en céramique ou en tissu, dominos, instruments à percussion, bijoux, hamacs et peintures.

Farmacia Taquechel (A C6)
→ *Calle Obispo, n°155 esq. San Ignacio Tél. 862 92 86 Tlj. 9h-18h*
Une superbe pharmacie à l'ancienne, dont les étagères sont remplies de bocaux de porcelaine française du XIXe s.

Casa del Habano (A C6)
→ *Calle Mercaderes, n°120 e/ Obispo y Obrapía Tél. 862 84 72 Tlj. 9h-19h*
Une échoppe du XVIIIe s., au rez-de-chaussée du musée du Tabac, où l'on vend des cigares.

Hermanades Tejedoras de Belén (A C6)
→ *Calle Obrapía, n°158 esq. Mercaderes Tél. 861 77 50 Tlj. 10h-17h*
Une association de Cubaines qui taillent, cousent, brodent et tricotent des vêtements et du linge de maison.

Vendedores de libros (A C5)
→ *Plaza de Armas Mer.-sam. 9h-20h (sauf par temps de pluie)*
Sur les rayonnages des bouquinistes de la place, livres anciens et d'occasion en tout genre.

CATEDRAL DE SAN CRISTÓBAL

MUSEO DE ARTE COLONIAL

GABINETE ARQUEOLÓGICO

CASTILLO DEL MORRO

SAN CARLOS DE LA CABAÑA

les Jésuites en 1748 nterrompue en 1767 par expulsion de l'île, prit en 1777. En dépit de aniements ultérieurs, lan jésuite traditionnel respecté avec larges nefs uit chapelles latérales.

Museo de Arte onial (A C5)

alle San Ignacio, n° 61, a de la Catedral 362 64 40 Tlj. 9h-19h
asa del Conde de Casa na, relevée en 1720, nservé la simplicité demeures du XVIIe s. usée qui l'occupe is 1969 lui a rendu ses de noblesse : *medios puntos* colorés, plinthes ornées de frises végétales, meubles raffinés, porcelaines de Limoges et lustres de Baccarat.

★ Gabinete Arqueológico (A C5)

→ Calle Tacón, n°12 e/ Empedrado y O'Reilly Tél. 861 44 69 Mar.-dim. 9h-14h45
Le discret cabinet d'archéologie de l'historien de la ville rassemble majoliques, porcelaines, bijoux et autres objets découverts au cours de restaurations entreprises dans La Habana Vieja. Une section est consacrée aux civilisations pré-hispaniques (grande collection d'art taíno). À voir : la salle ornée de fresques représentant La Havane au XVIIe s.

★ Castillo del Morro (A A2)

→ Parque Morro-Cabaña Tél. 863 79 41 Tlj. 8h-20h30 (phare : tlj. 8h-19h)
Un fortin bâti de 1589 à 1630, comme le Castillo de San Salvador de la Punta qui lui fait face, pour garder l'entrée du port de La Havane, et qui tomba aux mains des Anglais en 1762. Du haut du phare (1845), vue à 360° sur la capitale et la baie. Ne pas oublier le petit musée maritime.

★ Fortaleza San Carlos de la Cabaña (A C3)

→ Parque Morro-Cabaña Tél. 862 06 17 à 19 Tlj. 10h-22h (cañonazo : tlj. 21h)
Édifiée de 1763 à 1774 pour suppléer le Castillo del Morro, cette citadelle, l'une des plus puissantes du Nouveau Monde, servit de prison sous Machado et sous Batista (1924-1958), puis de quartier général à Che Guevara en 1959 : on visitera le Museo de la Comandancia del Che. Chaque soir y est tiré le *cañonazo*, canonnade qui annonçait jadis la fermeture des portes de la cité.

PLAZA VIEJA

CONVENTO DE SANTA CLARA

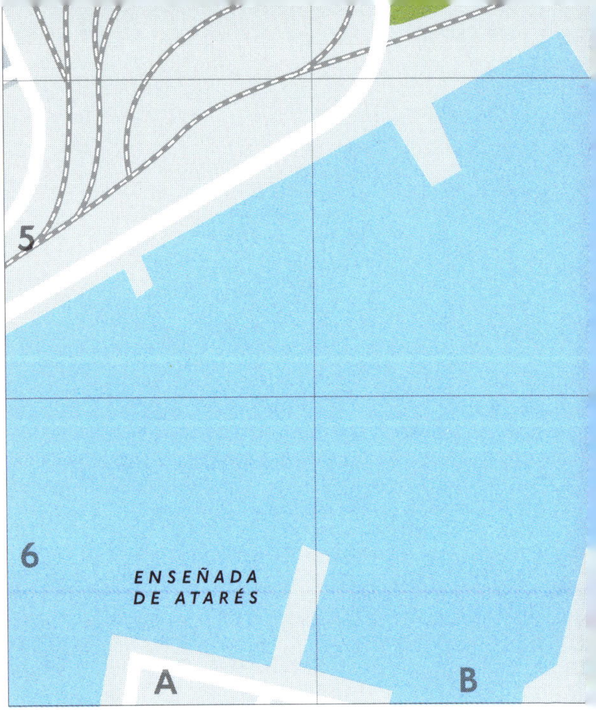

★ **Plaza de San Francisco de Asís (B** C1)
Une place aménagée en 1628 à proximité du port pour y débarquer et négocier les marchandises. Témoins de ce riche passé, l'Aduana (douane, 1914) et la Lonja del Comercio (Bourse du commerce, 1909), coiffée d'un Mercure – patron des marchands – en bronze. Au centre de l'esplanade s'épanche la Fuente de los Leones (fontaine des Lions, de Gaggini, 1836).

★ **Iglesia y Convento de San Francisco de Asís (B** C1)
→ *Calle Oficios e/ Amargura y Churruca Tél. 862 96 83 Tlj. 9h-18h30*
Un superbe ensemble conventuel achevé en 1739 dans un style baroque sévère. L'église accueille aujourd'hui concerts et expositions temporaires, tandis que les arcades des deux cloîtres abritent un musée d'art sacré (mobilier, statues en bois polychromes et poteries). Le troisième cloître, détruit avec le chevet de l'église en 1850, est devenu un jardin.

★ **Museo del Ron Havana Club (B** D2)
→ *Av. del Puerto, n°162 esq. Sol Tél. 861 80 51 Lun.-sam. 9h-17h, dim. 10h-16h*
Tout sur le rhum dans ce musée inauguré en 2000 par la célèbre firme cubaine Havana Club. Maquettes, tableaux et reconstitution d'une rhumerie détaillent l'histoire et les étapes de fabrication du *ron*, de la récolte de la canne à la mise en bouteille.

★ **Plaza Vieja (B** C2)
Dessinée au XVIe s., la première place publique de La Havane a longtemps accueilli le plus grand marché aux esclaves de la ville. Nombre des riches demeures de négociants qui la cernent ont été restaurées et transformées en galeries et centres d'art, mais certaines sont enc divisées en *solares* (appartements bon marc

★ **Iglesia y Convento de Santa Clara (B** B2)
→ *Calle Cuba, n°610 e/ Sol y Luz Tlj. 8h-12h, 15h*
Immense et silencieux, cloître principal du couv est envahi par une végétation sauvage qui dissimule sa fontaine d la Samaritaine (XVIIe s.). deux cloîtres attenants les grandes dépendanc témoignent de la riches du premier monastère de femmes de La Hava édifié en 1643 par cinq sœurs clarisses venues Cartagena, en Colombi

PLAZA DE SAN FRANCISCO DE ASÍS

CONVENTO DE SAN FRANCISCO DE ASÍS

MUSEO DEL RON

Le vent de restauration qui souffle sur la vieille ville ne porte guère au-delà de la Plaza de San Francisco et de la Plaza Vieja. Au sud s'étendent des *barrios* indigents, où chaussées défoncées et façades décrépies témoignent d'un triste abandon. Rares sont les touristes à s'aventurer dans ces rues pourtant fourmillantes de vie. Faute d'enseignes, on peine, il est vrai, à identifier *bodegas*, laveries, bars et ateliers de quartier. Seuls points de repère parlants, les nombreuses églises et les couvents de Belén, de San Francisco de Asís et de Santa Clara rappellent que c'est là que s'est concentré, pendant des siècles, le pouvoir religieux.

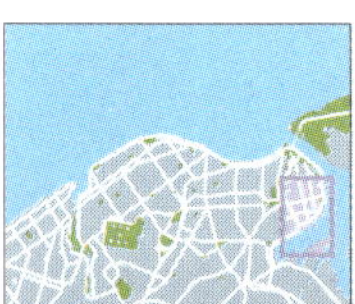

EL BODEGÓN ONDA

EL MESÓN DE LA FLOTA

RESTAURANTS

El Jardín del Oriente (B C1)
→ *Calle Amargura, n° 12 e/ Mercaderes y Oficios Tél. 860 66 86 Tlj. 10h-22h*
À deux pas de la Plaza de San Francisco de Asís, une cour plantée de grands arbres. Les Cubains et les étrangers assis aux tables en fer et en verre dévorent hamburgers et poulet grillé dans des assiettes en plastique. 5 $US.

El Bodegón Onda (B C1)
→ *Calle Obrapía esq. Baratillo Tél. 867 10 37 Tlj. 12h-16h, 19h-22h*
Sous les hauts plafonds, fenêtres à balustres, tables de bois rustique et vieilles photos d'Onda, un joli village d'Espagne. On goûte à une infinie variété de tapas : *empanadas* (chaussons à la viande), œufs farcis, *tortillas*, poivrons rouges grillés, chorizos, pizzas et filets de colin. 8 $US.

El Mesón de la Flota (B C1)
→ *Calle Mercaderes, n° 257 e/ Amargura y Teniente Rey Tél. 863 38 38 / 862 92 81 Tlj. 10h-23h*
Fondée en 1876, "L'Auberge de la Flotte" a longtemps servi de comptoir d'échanges aux navires qui mouillaient dans la baie. La déco marine s'accorde avec la carte : poisson à la menthe, grillades de la mer et médaillons de langouste. Excellent spectacle de flamenco. 13 $US.

Café el Mercurio (B C1)
→ *Lonja del Comercio Plaza San Francisco de Asís Tél. 860 61 88 Tlj. 8h-23h*
Banquettes moelleuses à l'intérieur et tables branlantes sur les pavés inégaux de la place. De vieux airs joués au piano et un service attentif rendent encore plus délicieuses la salade de fruits tropicaux aux crevettes et sa sauce à la mangue. 15 $US.

Vuelta Abajo (B C1)
→ *Hotel Conde de Villanueva, Calle Mercaderes, n°212 esq. Lamparilla Tél. 862 92 93 Tlj. 11h-23h*
Un restaurant qui porte le nom d'une fameuse plantation de tabac de l'ouest de l'île et où les gourmets se délectent des recettes tirées des vieux livres de cuisine cubaine : salade de poulet et sa mayonnaise au gingembre et poisson au miel, accompagnés

R HAVANA CLUB

LA LLUVIA DE ORO

CASA DEL ABANICO

d'une belle carte des vins. 20 $US.

Santo Ángel (B C2)
➔ *Calle Teniente Rey esq. San Ignacio, Plaza Vieja Tél. 861 16 26 Tlj. 11h-23h*
Perroquets, perruches, paons et autres volatiles emplissent le patio d'un gazouillis incessant. Les grandes salles sont vite prises d'assaut par les touristes, d'autant que la carte est fournie et alléchante : papillote de poisson, poulet à la braise, roulé de porc à l'ananas et langouste thermidor. 25 $US.

Bars, cafés

Café del Oriente (B C1)
➔ *Calle Oficios, n°112 esq. Amargura Tél. 860 66 86 Tlj. 24 h/24h*
Colonnes, moulures et boiseries donnent des airs XIXe à ce café très élégant. Tout un choix de cocktails à siroter au calme et au frais. Les prix du restaurant 5 étoiles atteignent des sommets.

La Marina (B C2)
➔ *Calle Oficios esq. Teniente Rey Tlj. 7h-22h*
Sous une jolie pergola, un patio tapissé de carreaux bleus et verts. Dans une débauche de végétation, les chats se faufilent entre l'aquarium et l'ancre rouillée.

Dos Hermanos (B D2)
➔ *Av. del Puerto esq. Sol Tél. 861 35 14 Tlj. 8h-oh*
Fondé en 1894 par deux frères originaires du León espagnol, l'un des plus vieux bars de La Havane, où Ernest Hemingway, Federico García Lorca et Benny Moré venaient jadis s'encanailler avec les marins du port.

Bar Havana Club (B D2)
➔ *Av. del Puerto, n° 162 esq. Sol Tél. 861 19 00 Tlj. 10h-oh*
Au Museo del Ron, la parfaite reconstitution d'un bar cubain du XIXe s. *Mojito*, daïquiri, *Cuba libre*, *ron collins* et *piña colada* sont concoctés dans les règles de l'art sur les rythmes joyeux du traditionnel *son* cubain, joués en *vivo*.

La Lluvia de Oro (B B1)
➔ *Calle Obispo, n° 316 esq. Habana Tél. 862 98 70 Tlj. 10h-oh*
Difficile de dénicher une table libre dans ce bar où se mêlent Cubains et étrangers. Rien n'a changé, ou presque, depuis son ouverture, en 1939, et il fait bon s'attarder dans le brouhaha des rires et des conversations.

Musique

Plaza Vieja (B C2)
➔ *Calle Mercaderes esq. Muralla, Plaza Vieja Tlj. 7h-21h*
Cette "pâtisserie" vaut surtout pour ses fréquents spectacles : musique et danses issues de la tradition yoruba.

Casa de la Cultura (B B2)
➔ *Calle Aguiar, n°509 e/ Amargura y Teniente Rey Tél. 863 48 60 Jeu.-sam. 20h-23h*
La maison de la culture du quartier est installée depuis 1977 dans une dépendance du Convento de San Francisco de Asís : concerts de *son*, de cha-cha-cha, de salsa et de *rumba*.

Shopping

Casa del Abanico (B C1)
➔ *Calle Obrapía, n°107 e/ Oficios y Mercaderes Tél. 863 44 52 Lun.-ven. 9h-17h, sam. 9h-14h*
Sous l'œil du visiteur, Lidia, Carmen et Milay décorent des éventails de motifs colorés, au gré de leur inspiration.

Habana 1791 (B C1)
➔ *Calle Mercaderes, n° 156 e/ Obrapía y Lamparilla Tlj. 10h-18h*
Essences naturelles de lavande, de patchouli, de vétiver, d'ylang-ylang et de tabac distillées dans le laboratoire (qui se visite).

La Casona (B C2)
➔ *Calle Muralla, n°107 esq. San Ignacio Tél. 862 26 33 / 862 35 77 Mar.-ven. 9h-17h, sam. 9h-16h30*
La somptueuse Casa del Conde de Jaruco expose les œuvres de jeunes artistes cubains. Aussi, cartes postales, affiches et catalogues.

Longina Música (B B1)
➔ *Calle Obispo, n° 360 e/ Compostela y Habana Tél. 862 83 71 Lun.-sam. 10h-19h, dim. 10h-13h*
Une célèbre chanson d'amour de Manuel Corona a laissé son nom à ce magasin qui propose un vaste choix de disques et d'instruments de musique cubains.

Tienda Havana Club (B D2)
➔ *Av. del Puerto, n° 162 esq. Sol Tél. 861 19 00 Lun.-sam. 9h-21h, dim. 10h-17h*
La boutique du Museo del Ron, où le rhum se choisit selon son âge : jeune (de 1 à 3 ans), il se boit en cocktail, et vieux (de 5 à 15 ans), il se déguste pur.

IGLESIA DE NUESTRA SEÑORA DE LA MERCED

IGLESIA DEL ESPÍRITU SANTO

CONVENTO DE BELÉN

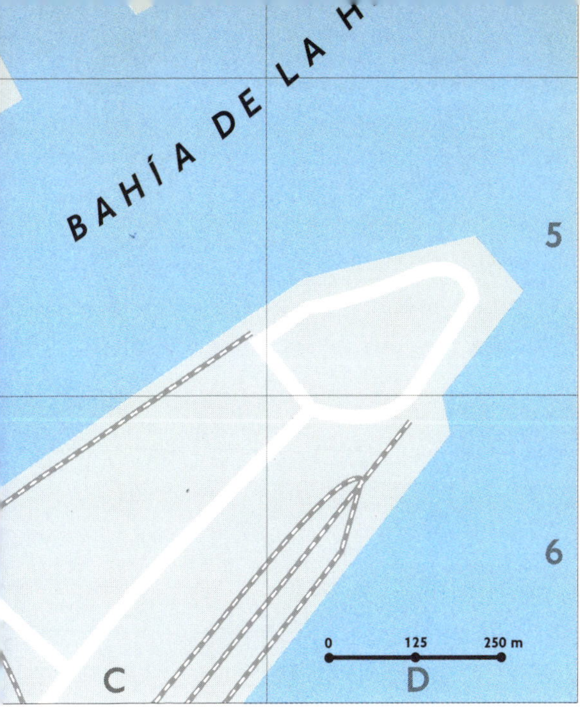

CASA NATAL DE JOSÉ MARTÍ

MURALLA

glesia de Nuestra ñora de la Merced (B C3)
alle Cuba, n°806 erced y Leonor Pérez la) Tél. 863 88 73 h-12h, 15h-17h
gtemps choisie par stocratie pour célébrer têmes et mariages, église tout habillée esques et de trompe-, achevés en 1904. hapelle de Lourdes 6) doit sa décoration teban Chartrand (1823-) et à d'autres artistes tés de l'époque.

lesia del Espíritu to (B C3)
lle Cuba esq. Acosta 62 34 10 Tlj. 8h-17h
Grande ferveur populaire dans cette église élevée en 1638 par des esclaves affranchis. La sévère façade à fronton triangulaire et clocher carré annonce un intérieur dépouillé : une voûte en pierre et une nef dotée d'un seul bas-côté. À voir, la crypte qui accueillit des défunts jusqu'à la création du Cementerio Cristóbal Colón, en 1805.

★ Iglesia y Convento de Nuestra Señora de Belén (B B3)
→ *Calle Compostela esq. Luz Lun.-sam. 8h-17h*
Du plus grand complexe religieux de la ville, bâti en 1716 par la congrégation de Bethléem, subsistent une église à la façade baroque avec traces de polychromie et fenêtre en forme de coquille Saint-Jacques et six cloîtres en cours de restauration. L'Arco de Belén (1775), qui relie le couvent aux maisons voisines, est l'œuvre de Pedro de Medina.

★ Casa Natal de José Martí (B B3)
→ *Calle Leonor Pérez (Paula), n°314 esq. Egido Tél. 863 37 78 Mar.-sam. 9h-17h, dim. 9h-13h*
Dans cette petite maison naquit, le 28 janvier 1853, José Martí, apôtre de la Révolution cubaine et poète national mort en martyr de l'Indépendance en 1895. Un petit musée retrace sa vie : fers de prisonnier, drapeau, éperons, photos d'exil, écritoire, livres, lettres et poèmes.

★ Muralla (B B4)
→ *Egido e/ Leonor Pérez (Paula) y Desamparado*
Un tronçon encore visible de l'enceinte de la vieille ville, construite à partir de 1674 et abattue en 1863. Une plaque de bronze représente le tracé des remparts (hauts de 10 m et épais de 1,50 m), le long de l'actuelle Avenida Egido.

GRAN TEATRO DE LA HABANA

REAL FÁBRICA DE TABACOS PARTAGÁS

★ Capitolio Nacional (C E2)
→ *Prado*
e/ San José y Dragones
Tél. 861 15 19 Tlj. 9h-19h30
Achevé en 1929 sous Machado pour accueillir le Parlement, le monument s'inspire du Capitole de Washington et du Panthéon de Paris. Sous sa coupole (92 m), une imposante statue de la République (17 m, 49 t) et, serti dans le sol, un diamant qui sert de point zéro à toutes les distances kilométriques cubaines. Depuis 1959, le Capitolio abrite l'Académie des sciences et le ministère des Sciences et Technologies de l'environnement.

★ Parque de la Fraternidad (C D2-E3)
Un parc redessiné par le Français Forestier en 1928, pour la VIe Conférence panaméricaine. Son immense fromager central s'enracine dans un mélange de terre provenant des 21 pays participants. Ne pas manquer la Fuente de la India (fontaine de l'Indienne, de Gaggini, 1837).

★ Museo de los Orishas (C E2-E3)
→ *Prado, n° 615*
e/ Monte y Dragones
Tél. 863 59 53 Tlj. 9h-17h
Le musée de l'Asociación Cultural Yoruba de Cuba est aussi un lieu de culte. Un autel pour chacun des saints du panthéon yoruba, dont les plus importants sont Chango, dieu de la Musique, et Oshún, patronne de Cuba et de l'amour.

★ Parque Central (C E1)
Auréolée de palmiers royaux, la statue de José Martí (Vilalta de Saavedra, 1903) trône au cœur du parc aménagé en 1877 sur l'ancien tracé des murailles de La Habana Vieja. On repère vite l'*esquina caliente* (le "coin chaud") où les Havanais commentent avec fougue les parties de *pelota*, le base-ball national.

★ Museo Nacional de Bellas Artes : Arte Universal (C E1)
→ *Centro Asturiano, Calle San Rafael, n°1*
e/ Agramonte y Monserrat
Tél. 862 01 40 Mar.-sam. 1
18h, dim. 10h-14h
Une superbe muséograp met en valeur la collecti peinture coloniale latin américaine et peinture nord-américaine des XV XIXe s., grandes écoles de peinture européenn du XVe s. au XIXe s., art japonais et, enfin, un remarquable ensem d'antiquités égyptienn grecques, étrusques et romaines.

CAPITOLIO NACIONAL

PARQUE DE LA FRATERNIDAD

MUSEO DE LOS ORISHAS

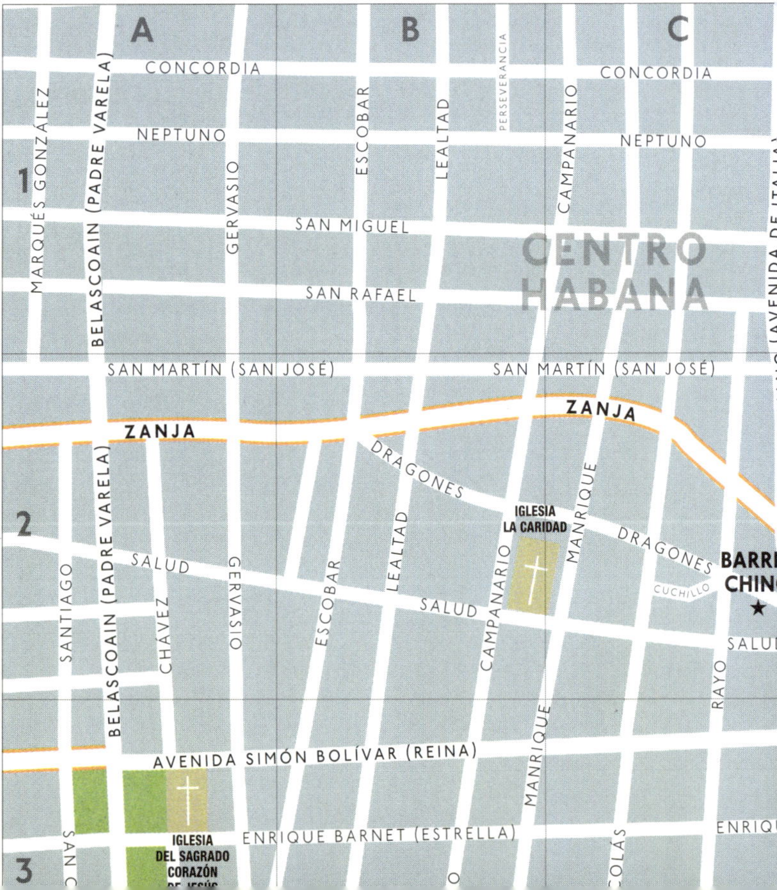

Du pied du Capitolio monte l'incessant bourdonnement des taxis collectifs et des *guaguas* bondées qu'attendent en file des Havanais disciplinés. Au nord, les façades néoclassiques du Gran Teatro et du Museo de Bellas Artes semblent se narguer par-delà les palmiers royaux du Parque Central. À l'ouest, la Calle San Rafael s'enfonce dans le Centro, *municipio* surpeuplé dont les petits commerces ont élu pour cadre fastueux des boutiques et des théâtres de la première moitié du XXe s. Du sulfureux Barrio Chino d'antan subsistent quelques restaurants, tenus par les derniers Chinois de La Havane.

TIEN TAN

HANOI

RESTAURANTS

Tien Tan (C C2)
→ *Cuchillo, n°17*
e/ Rayo y San Nicolás
Tél. 861 24 78 Tlj. 11h-oh
L'une des meilleures tables de la rue principale du Barrio Chino. Le chef chinois mitonne des petits plats de son pays et la carte est longue : soupes, poulet à la shanghaïenne, porc sauté à la sichuanaise ou à la cantonaise... 5 $US.

Hanoi (C F2)
→ *Calle Teniente Rey*
esq. Bernaza
Tél. 867 10 29 Tlj. 12h-oh
On ne sait ce qui séduit le plus : les grandes tables de bois, la fraîcheur du petit patio, les mélodies des musiciens, le service souriant ou la saveur de la cuisine : cocktail de langouste, côtelettes de porc grillées et *mariquita de plátano* (bananes plantains frites). 8 $US.

El Bosque Bologna (C F1)
→ *Calle Obispo, n°460*
e/ Aguacate y Villegas
Tlj. 11h-oh
Le transistor mouline des airs populaires dans cette vaste cour, protégée du regard des passants par les plantes grimpantes. Assis à une jolie table de jardin, il faut patienter longtemps avant de pouvoir dévorer une côte de porc ou des brochettes de poulet aux légumes. 10 $US.

Castillo de Farnés (C F1)
→ *Monserrate, n°301*
esq. Obrapía
Tél. 867 10 30 Tlj. 12h-oh
À l'entrée, une photo immortalise Ernesto Che Guevara, Raúl et Fidel Castro dînant le 9 janvier 1959, jour où Fidel fut nommé *Jefe del Ejército Rebelde* (chef du pouvoir révolutionnaire). Jolies nappes brodées et cuisine aux couleurs de l'Espagne : langouste *a la plancha*, *tortilla* basque, pois chiches et chorizo frits. Bons vins. 15 $US.

La Zaragozana (C F1)
→ *Monserrate, n°356*
e/ Obispo y Obrapía
Tél. 867 10 40 / 867 10 33
Tlj. 12h-oh
Depuis 1830, les changements de nom et de propriétaire n'ont pu entamer le caractère de cette vaste salle, même si une déco d'aficionados de football dissimule ses vieilles pierres. Délicieuses spécialités espagnoles : paella et *zarzuela de pescado* ("bouillabaisse"). 15-20 $US.

R MONSERRATE

AREA DE VENDEDORES POR CUENTA PROPIA

MERCADO AGROPECUARIO EGIDO

Puerto de Sagua (C F3)
→ *Egido esq. Acosta*
Tél. 867 10 26 Tlj. 12h-0h
Dans ce bar-restaurant, la déco de hublots, de filets de pêche et de bouées de sauvetage frise le kitsch et évoque un bateau du port de Sagua, dans la province de Villa Clara. Une carte bon marché, une autre plus onéreuse pour des spécialités de la mer : *parillada* (grillade) de poisson, brochette de la mer et langouste thermidor. 15-20 $US.

BARS, CAFÉ

Café Capitolio (C E2)
→ *Capitolio*
Tél. 861 15 19 Tlj. 10h-19h
La terrasse du café aligne ses fauteuils et ses tables en rotin derrière les colonnes du Capitolio. Pour observer au calme le va-et-vient des taxis en contrebas.

Bar Monserrate (C F1)
→ *Monserrate esq. Obrapía*
Tél. 860 97 51 Tlj. 8h-2h
Derrière une porte à battants qui rappelle les *cantinas* mexicaines et les saloons du Far West, un bar populaire où les cocktails se boivent sur fond de musique cubaine *en vivo*.

Floridita (C F1)
→ *Calle Obispo, n°557 esq. Monserrate*
Tél. 867 12 99 Tlj. 11h-0h
Le meilleur daïquiri de Cuba, le plus cher aussi ! Au bout du comptoir trône le tabouret qu'occupait Hemingway quand il venait siffler des *Papa special*, daïquiris corsés.

MUSIQUE, DANSE

Casa de la Música (C C1)
→ *Calle Galiano esq. Neptuno Tél. 862 41 65 Tlj. 16h-20h, 22h-3h30*
Une scène musicale inaugurée en 2002 dans un vieux théâtre du Centro. Les plus célèbres groupes locaux ont déjà enflammé la salle : Los Van Van, La Charanga Habanera, Carlos Manuel, Azúcar, Bamboleo...

Cabaret Nacional (C E1)
→ *Calle San Rafael esq. Prado Tél. 863 23 61 Mer.-dim. 15h-20h, 21h-2h*
Une bonne adresse en "matinée", quand les Cubains viennent danser des salsas endiablées. Le soir, show avec plumes et paillettes un brin ringard.

La Rosalia (C F2)
→ *Egido, n°504 e/ Monte y Dragones*
Tél. 862 31 93 Tlj. 22h-2h
Dans un bel édifice XIXe, la Sociedad Cultural Rosalia de Castro a installé ses quartiers de nuit : une boîte 100 % cubaine, qui vibre d'une sensualité brûlante.

SHOPPING

Taller de Esenografia (C E1)
→ *Gran Teatro, Centro Gallego Tél. 863 23 60 Lun.-ven. 9h-18h*
Au dernier étage du Centro Gallego, les artistes peignent les décors du théâtre et exposent leurs œuvres personnelles sur les murs.

Almacenes Ultra (C C3)
→ *Av. Simón Bolívar, n°109 esq. Rayo Tél. 833 86 08 Lun.-sam. 9h30-18h, dim. 9h30-13h*
Sur deux étages, un grand magasin cubain où acheter vêtements, produits alimentaires et cosmétiques et matériel électronique.

Area de Vendedores por Cuenta Propia (C D3)
→ *La Nueva Isla, Av. Máximo Gómez esq. Suárez Lun.-sam. 9h-17h, dim. 9h-13h*
La cohue règne dans les allées de cette foire aux "trouvailles" : lunettes, stylos, ceintures, robes de baptême, bougies...

Moderna Poesía (C F1)
→ *Calle Obispo esq. Bernaza*
Tél. 861 69 83 Tlj. 10h-18h
La plus grande librairie de la ville vend cartes postales, affiches, disques et livres en espagnol, en anglais, en français et en italien.

Pastelería Francesa (C E1)
→ *Prado, n°410 esq. San Rafael*
Tél. 862 07 38 Tlj. 8h-23h30
Une pâtisserie toute rose, aux allures de bonbonnière. Dans les vitrines, flans, croissants, millefeuilles et éclairs au chocolat.

Mercado Agropecuario Egido (C F3)
→ *Egido e/ Corrales y Apodaca Mar.-dim. 8h-18h*
Couleurs et senteurs explosent sur les étals de ce marché où la petite production privée concurrence celle de l'État.

Pragua (C D1)
→ *Calle San Rafael esq. Aguila Lun.-sam. 10h-17h*
Les marchandises (chaussures, casseroles et petits hauts sexy) jurent un peu avec la superbe déco années 1920 de ce magasin.

PARQUE CENTRAL

MUSEO NACIONAL DE BELLAS ARTES : ARTE UNIVERSAL

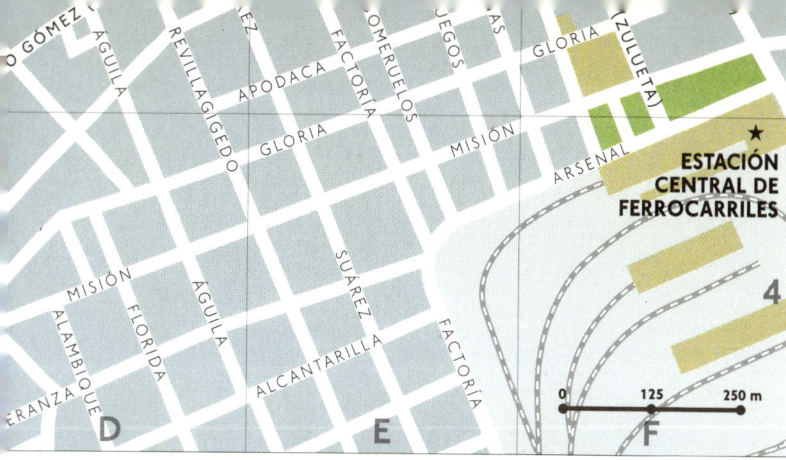

RRIO CHINO

EDIFICIO BACARDÍ

ESTACIÓN CENTRAL DE FERROCARRILES

Gran Teatro La Habana (C E1)
Prado, n° 458 e/ San José y Rafael Tél. 861 30 77-79
es : lun.-sam. 9h-17h, 9h-15h
tuel Gran Teatro abrite élèbre Ballet Nacional. 906, les Galiciens a Havane achètent le ro Tacón (présente salle ía Lorca) et les terrains nants pour y bâtir, 915, le Centro Gallego. seule façade pour leux bâtiments, qui e néobaroque colonial fluence française avec sculptures de marbre s tours couronnées ges élancés.

★ Real Fábrica de Tabacos Partagás (C D2)
→ *Calle Industria, n° 520 e/ Barcelona y Dragones Tél. 833 80 60 Visites guidées : Tlj. 9h30-11h, 12h30-15h*
De la modeste échoppe de 1828 à la grande fabrique de cigares de 1845, la manufacture Partagás a largement contribué à la légende du havane. Ses 700 ouvriers produisent 25 000 cigares par jour, en écoutant des textes (romans, articles de journal, etc.) qu'un employé juché sur une estrade leur lit au micro.

★ Barrio Chino (C C2)
À l'entrée de la Calle Dragones se dresse une grande porte offerte en 1999 par Pékin pour célébrer plus d'un siècle d'immigration chinoise à Cuba.
La révolution de 1959 sonna le départ des descendants des premiers *coolies* arrivés en 1838. L'ancien quartier chaud de La Havane, el Barrio Chino, a perdu de ses ors et de sa pourpre mais abrite encore quelques restaurants pittoresques.

★ Edificio Bacardí (C F1)
→ *Monserrate, n°261 e/ San Juan de Dios y Empedrado Tél. 862 92 71 Lun.-sam. 8h-17h*
Une vraie curiosité Arts déco que l'ancien siège des distilleries Bacardí (1930) : façade géométrique revêtue de briques colorées et toit pyramidal en céramique polychrome, coiffé d'une chauve-souris, emblème de la firme.
À visiter, le hall et le lanternon, selon l'humeur du gardien.

★ Estación Central de Ferrocarriles (C F4)
→ *Egido e/ Arsenal y Av. San Pedro Tél. 862 80 21*
Une façade grandiloquente décorée de coquilles Saint-Jacques pour cette gare élevée en 1912 selon les principes de l'architecture ferroviaire monumentale du début du XXe s.

MUSEO DE LA REVOLUCIÓN

MUSEO NACIONAL DE BELLAS ARTES : ARTE CUBANO

★ **Malecón (D** D2)
9 km le long desquels vibre toute l'âme de La Havane. Le célèbre front de mer, construit en 1902 par les Américains pour protéger la ville des assauts de l'Océan, aligne du Prado au Parque Maceo ses façades délavées par le soleil et rongées par les embruns. C'est là qu'on vient pêcher, sauter dans les vagues, s'embrasser, jouer de vieux airs, qu'on s'enivre et qu'on s'endort parfois…

★ **Museo San Salvador de la Punta (D** F1)
→ *Castillo San Salvador de la Punta, Malecón esq. Prado Tél. 860 31 96 Mer.-dim. 10h-17h30*
Une forteresse trapézoïdale bâtie en 1600 pour former, avec le Castillo del Morro, la première ligne de défense de la ville. Le musée présente les trésors retrouvés dans les flancs des galions coulés au fond de la baie : bijoux, amphores, monnaies et instruments de navigation.

★ **Monumento a Máximo Gómez (D** F2)
→ *Parque de los Mártires*
Un monument élevé en 1935 à ce dominicain qui participa aux deux guerres d'Indépendance cubaines du XIXe s. et qui, avec Martí et Maceo, fut l'un des artisans de la victoire sur l'Espagne. À voir aussi, le Monumento a los Mártires del 71, dédié aux huit étudiants en médecine soupçonnés de menées indépendantistes et fusillés sur ce site le 27 novembre 1871.

★ **Prado (D** E2)
Tracé en 1772, le Paseo del Prado devint au XIXe s. le rendez-vous chic de la ville : les élégantes paradaient en calèche sous ses belles façades bourgeoises. De nos jours, on vient flâner sous les frondaisons de l'allée principale ou jouer aux dominos sur ses bancs de marbre.

★ **Palacio de los Matrimonios (D** E
→ *Prado, n°302 esq. Ánimas Tél. 862 57 81 862 58 21 Mar.-dim. 10h-1 (mariages : sam.-dim. 16h-*
C'est dans l'ancien Casi Español (1914) que son célébrés les mariages des habitants du quarti En haut d'un escalier monumental s'ouvre ur immense salle de bal d les plafonds sont décor à profusion de peinture aux motifs un peu pass

★ **Museo de la Revolución (D** F3)
→ *Calle Refugio e/ Agramonte y Misiones Tél. 62 40 91 à 96 Tlj. 10h*

MALECÓN

MUSEO SAN SALVADOR DE LA PUNTA

MONUMENTO A MÁXIMO GÓ

Sous des façades rongées par les embruns et les pluies tropicales, de vieilles américaines rutilantes filent le long du Malecón, en direction du Castillo de San Salvador de la Punta. Au sud de ce fortin, qui signale discrètement l'entrée de la vieille ville, s'étirent le Prado, aux façades XIXe vivement colorées, et le cours Monserrate, où se dressent les musées de la Révolution et des Beaux-Arts. Derrière le Malecón se croisent les rues calmes des barrios Colón et San Leopoldo où, dans des immeubles qui menacent ruine, se serrent des familles dont la nonchalance et la gaieté paraissent imperturbables.

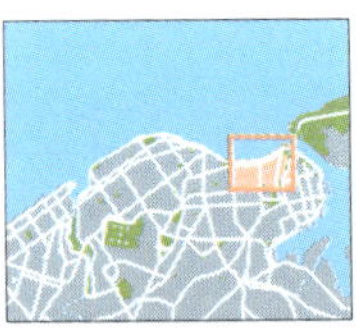

PALADAR LA GUARIDA

ROOF GARDEN DEL SEVILLA

RESTAURANTS

Las Terrazas de Prado (D E2)
→ *Prado esq. Genios Tél. 863 28 14 Tlj. 9h-1h*
Ces terrasses cernées de plantes grimpantes et ponctuées de parasols blancs et verts s'échelonnent sur quatre niveaux. Les vieux airs d'un trio de musiciens accompagnent les grillades de viande, de poisson et de crevettes. 5 $US.

Paladar Bellamar (D D3)
→ *Calle Virtudes, n°169 A esq. Amistad Tél. 861 00 23 Tlj. 12h-22h*
Sourires chaleureux dans ce petit *paladar* tout en longueur, perdu dans une rue populaire du Centro. Depuis 1996, chacun laisse sa griffe (dessins et signatures) sur les murs. Porc, poulet et poisson tout frais, accompagnés de *moros y cristianos*. 10 $US.

El Colonial (D C3)
→ *Hotel Lincoln, Calle Virtudes esq. Galiano Tél. 833 82 09 Tlj. 7h-22h*
L'immense buffet de ce vieil hôtel passablement défraîchi fait la joie des affamés : Cubains et étrangers viennent se rassasier à volonté de poulet grillé, de porc à la créole, de *moros y cristianos* et de salade de fruits. 10 $US.

Paladar Doña Blanquita (D E3)
→ *Prado, n°158 e/ Colón y Refugio Tél. 867 49 58 Tlj. 12h-0h ; jour de fermeture variable*
Bibelots et fleurs en plastique envahissent le salon et le balcon de cette maison coloniale du XIXe s. La *señora* Blanquita réserve à ses hôtes un accueil enthousiaste et leur mitonne de petits plats plein de saveur : poulet à la créole et côtelettes de porc. Réservation conseillée. 13 $US.

Los Vitrales (D E3)
→ *Casa del Científico, Prado, n°212 e/ Colón y Trocadero Tél. 862 45 11 Tlj. 12h-0h*
Les plafonds à moulures, les colonnes et les miroirs de l'ancien palais du deuxième président de la République cubaine contrastent de manière touchante avec les tables et les chaises en plastique. Sur la terrasse qui domine le Prado, on apprécie une délicieuse cuisine créole et un service charmant. 15 $US.

TIO SEVILLANO

CASA DE LA TROVA

PALACIO DEL TABACO

Paladar La Guarida (D B4)
→ *Calle Concordia, n° 418 e/ Gervacio y Escobar Tél. 264 49 40 Tlj. 19h-0h*
Le *paladar* très chic où furent tournées les scènes d'intérieur de *Fresa y chocolate*. Entre les murs jaunes chargés de cadres et de souvenirs coloniaux, les gourmets se délectent de classiques cubains et de plats méditerranéens. Réservation nécessaire. 20 $US.

Roof Garden del Sevilla (D E3)
→ *Hotel Sevilla, Calle Agramonte e/ Trocadero y Animas Tél. 860 85 60 Tlj. 19h-22h*
Du 9e étage du Sevilla, vue stupéfiante sur La Havane et, sous les superbes plafonds à caissons du restaurant, cuisine mitonnée par un chef français : mignon de porc au gingembre et citron vert, rouelle d'agneau au thym et fondant au chocolat à la sauce au café. 25 $US.

CAFÉS, BAR

Patio Sevillano (D E3)
→ *Hotel Sevilla, Calle Agramonte e/ Trocadero y Animas Tél. 860 85 60 Tlj. 24h/24h*
Une jolie fontaine néoclassique murmure dans ce frais patio tapissé d'azulejos de style sévillan. Les fauteuils et les petites tables en teck invitent au repos.

Habana Dentro (D E3)
→ *Hotel Lido, Calle Consulado, n°216 e/ Animas y Trocadero Tél. 867 11 02-06 Tlj. 12h-22h*
Un café sans prétention, perché sur la terrasse de l'hôtel Lido, dont les serveurs ont le sourire. La vue balaie la ville, du Capitolio à la mer, d'où souffle une brise rafraîchissante.

Bar solarium del Plaza (D E4)
→ *Hotel Plaza, 5to piso, Calle Agramonte, n° 267 esq. Neptuno Tél. 860 85 83 Tlj. 12h-0h*
En fin d'après-midi, la terrasse de l'hôtel, encore baignée de soleil, est l'endroit tout indiqué pour se prélasser ou suivre des cours de salsa et des leçons de cocktails cubains.

MUSIQUE, DANSE, SPECTACLES

Casa de la Trova (D A3)
→ *Calle San Lazaro, n° 661 e/ Gervasio y Belascoain Tél. 879 33 73 Jeu.-dim. 20h-22h30*
Où l'on retrouve un peu de l'âme du célèbre Buena Vista Social Club ! La *trova*, chanson populaire, y est à l'honneur et les vieux habitants du quartier donnent de la voix pour accompagner les chanteurs.

Asociación Canaria de Cuba (D F4)
→ *Av. de las Misiones, n°258 e/Neptuno y Animas Tél. 862 52 84 Mer. 18h-20h, sam. 19h-22h, dim. 16h-22h*
Ambiance survoltée dans cette belle maison, siège de l'association des Canariens émigrés à Cuba. L'orchestre enchaîne *guarachas*, *boleros* et salsas, et les couples tournoient.

Centro Andaluz de La Habana (D E2)
→ *Prado, n°104 e/ Refugio y Genios Tél. 863 67 45 Mer.-sam. à partir de 22h*
Au-dessus du bar et dans le patio, de superbes azulejos de 1919 reproduisent des vues célèbres d'Andalousie. Il faut absolument attendre la fin de la soirée si l'on ne veut pas manquer un bouleversant spectacle de flamenco.

Centro Cultural de España (D E2)
→ *Malecón, n°17 e/ Prado y Cárcel Tél. 862 31 65 Lun.-sam. 9h30-17h ; nocturnes selon programme*
Superbement restaurée, cette maison du Malecón abrite le Centre culturel espagnol : expositions temporaires d'œuvres d'artistes cubains et étrangers, spectacles de danse, théâtre, concerts et projections de films.

SHOPPING

Palacio del Tabaco (D F3)
→ *Calle Agramonte, n°106 e/ Refugio y Colón Tél. 33 83 89 Tlj. 9h-17h*
Les vendeurs de la boutique de la Fábrica La Corona sont de bon conseil pour choisir la marque, la taille et la saveur d'un cigare parmi quelque 350 *vitolas*.

Mercado Ánimas y San Nicolás (D C3)
→ *Calle Animas esq. San Nicolás Mar.-sam. 8h-18h, dim. 8h-14h*
Maigres mais colorés, les étals de tomates, de choux, de mangues et de bananes donnent la mesure du quotidien des familles modestes du Centro.

DO

PALACIO DE LOS MATRIMONIOS

RICA LA CORONA

MUSEO NACIONAL DE LA MÚSICA

IGLESIA DEL SANTO ÁNGEL CUSTODIO

musée qui retrace
stoire de Cuba de 1868
années 1990, des
erres d'Indépendance à la
nstruction du socialisme.
ccent est mis sur la
olution de 1959, relatée
avers des coupures
presse, photos et objets
sonnels de ses acteurs.
ors trône le *Granma*,
nt qui débarqua
956 Castro, Guevara
eurs 82 camarades.

**luseo Nacional
Bellas Artes :
e Cubano (D** F3)

*alle Trocadero
gramonte y Monserrate
861 38 58
sam. 10h-18h, dim. 9h-14h*

Ce bel édifice contemporain inauguré en 2001 par Castro accueille les collections nationales de peinture et de sculpture cubaines sur trois niveaux : art colonial du XVIIe au XIXe s. avec des œuvres de Guillermo Collazo, art du début du XXe s. (Armando García Menocal, Rafael Blanco), arts moderne et contemporain (Wifredo Lam, Raúl Martínez).

★ Fábrica La Corona (D F3)

→ *Calle Agramonte, n°106 e/ Refugio y Colón
Tél. 862 00 01-03
Lun.-ven. 9h30-14h30*

Une manufacture fondée en 1902, moins courue et plus authentique que la Fábrica Partagás. Dans une salle surnommée “la galère”, les *torcedores* roulent 50 000 cigares par jour, dont le fameux San Cristóbal, en écoutant des textes littéraires ou politiques lus à voix haute.

★ Museo Nacional de la Música (D F2)

→ *Calle Cárcel, n°1 e/ Aguiar y Habana
Tél. 861 98 46 Tlj. 11h-17h30*

Dans ce musée un peu vieillot, on découvrira de vieux pianos, d'antiques gramophones, des trompettes, des guitares *tres* et une belle collection de percussions afro-cubaines réunie par l'anthropologue Fernando Ortiz, qui étudia les traditions musicales des esclaves africains.

★ Iglesia del Santo Ángel Custodio (D F3)

→ *Calle Compostela, n°2 esq. Cuarteles Tél. 861 04 69
Mar., jeu.-ven. 9h-12h, 15h-18h ; mer. 15h-18h*

L'église élevée par les Jésuites en 1689 fut détruite par l'ouragan de 1844. Relevée en 1871 dans le style néogothique, elle hérisse ses pinacles, tandis que la blancheur de sa nef met en valeur ses vitraux colorés.

NUESTRA SEÑORA DEL CARMEN

CALLEJÓN DE HAMEL

★ **Parque Maceo (E F4)**
→ *Malecón esq. Belascoain*
Bordant le Malecón, un parc un peu dénudé au centre duquel se dresse une statue équestre (Boni, 1916) d'Antonio Maceo (1845-1896), général mulâtre tombé face aux Espagnols et surnommé le Titan de bronze. Le Torreón de San Lázaro, fortin du XVIe s. d'où l'on guettait les pirates, marque l'angle occidental du parc.

★ **Hotel Nacional (E E3)**
→ *Calle O esq. 21*
Tél. 73 50 54
Une réalisation éclectique de l'agence américaine Mc Kim, Mead & White (1930). Dressé sur la colline de Taganana, sur le site de la batería Santa Clara (ouvrage défensif de la fin du XVIIIe s. dont subsiste un canon), ce palace a été classé monument national et restauré en 1992 : majestueux hall de style sévillan et délicieux jardins avec vue sur la mer.

★ **Monumento a las Víctimas del Maine (E E3)**
→ *Malecón esq. 19*
Élevé en 1925 en hommage aux 363 marins américains tués lors de l'explosion du cuirassé *Maine* en 1898, ce monument fut endommagé par le cyclone de 1926. Au pied de ses deux colonnes, jadis coiffées d'un aigle mis à bas en 1959, sont exposés des canons, des chaînes et l'ancre du navire.

★ **Monumento a Calixto García (E C3)**
→ *Malecón esq. Av. de los Presidentes*
Un monument dédié au général Calixto García (1839-1898) : autour de la statue équestre (Weldon, 1958), 24 plaques de bronze illustrent sa participation aux guerres d'Indépendance et rappellent l'affront que lui firent les Américains en lui refusant le droit d'entrer dans La Havane libérée.

★ **Museo de Artes Decorativas (E C4)**
→ *Calle 17, n°502, e/ D y E*
Tél. 832 09 24 Mar.-sam. 1
18h, dim. 9h30-14h
Dans la somptueuse Cas de José Gómez Mena (1927) sont exposés des objets décoratifs import du monde entier par les aristocrates cubains la période coloniale pou décorer leur demeure : meubles signés par de grands ébénistes frança du XVIIIe s., porcelaines de Sèvres et de Chantill tapisseries et peintures du XVIIIe s., porcelaines et paravents chinois des dynasties Ming et Q

PARQUE MACEO

HOTEL NACIONAL

MONUMENTO A LAS VÍCTIMAS

Le barrio populaire de Cayo Hueso est connu pour son Callejón de Hamel : une ruelle parée de fresques aux couleurs vibrantes devenue un haut lieu de la culture afro-cubaine. À l'ouest, la Rampa aligne ses hôtels, ses banques, ses cinémas et ses clubs de jazz, concentrant l'activité du Vedado. Dans ce *municipio* aménagé au XIXe s. entre le Río Almendares et le Centro, chiffres et lettres désignent des rues paisibles, dont les villas de style académique, un brin décaties, s'entourent de jardins luxuriants. Plus à l'ouest, la "Quinta Avenida" traverse solennellement Miramar, quartier résidentiel chic du bord de mer.

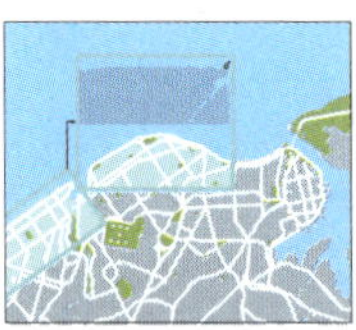

LA BARRACA

SABADO DE LA RUMBA

RESTAURANTS

El Conejito (E D3)
→ *Calle M esq. 17*
Tél. 32 46 71 Tlj. 12h-0h
Les briques rouges, la grande cheminée, les boiseries sombres et la charpente en bois évoquent l'atmosphère d'une taverne anglaise du XVIIe s. Le lapin y est cuisiné sous toutes les formes : à la casserole, au gril, à l'étouffée, à la sauce à l'ail, à la créole, en brochettes... 10 $US.

La Barraca (E E3)
→ *Hotel Nacional, Calle O esq. 21 Tél. 73 50 54*
Tlj. 12h-23h
Une cabane traditionnelle en bois et en palmes, dressée dans les jardins de l'Hotel Nacional, qui domine la mer. Cochons de lait et poulets y dorent à la broche et le poisson y est grillé au feu de bois. 11 $US.

Centro Vasco (E B4)
→ *Calle 4 esq. 3ra*
Tél. 30 98 36 Tlj. 12h-0h
Les Basques espagnols de La Havane se sont longtemps retrouvés dans cette maison typique de leur région natale. Les spécialités du pays sont servies sous les grandes peintures de Carrasco : crevettes *al ajillo* (sauce à l'ail), colin en sauce verte et poisson au pilipili. 13 $US.

La Casona de 17 (E E3)
→ *Calle 17, n°60 e/ M y N*
Tél. 33 45 29 Tlj. 12h-0h
Toute rose, une pimpante villa transformée en restaurant. Vedette de la carte, le poulet se savoure grillé aux légumes sautés, à la casserole ou rôti au bacon, mais toujours accompagné de riz et de haricots noirs. Petits prix dans la *parilla* (annexe où se préparent les grillades). 15 $US.

Paladar Calle 10 (E E1)
→ *Calle 10, n°314*
e/ Av. 3ra y 5ta Tél. 205 39 70
Tlj. 12h-15h, 18h-23h
Une grande cabane coiffée de palmes occupe tout le jardin de cette résidence de Miramar. Les chefs cuisinent au gril et au feu de bois des viandes rouges, des côtes de porc au tamarin et des brochettes d'agneau de lait à l'origan. Réservation nécessaire. 15 $US.

Vistamar (E D1)
→ *Av. 1ra e/ 22 y 24*
Tél. 203 83 28 Tlj. 12h-0h
De la terrasse, le regard glisse sur la piscine avant de se perdre dans l'Océan dont le ressac rythme le repas. Dans les assiettes,

UNIÓN DE ESCRITORES Y ARTISTAS DE CUBA

GALERÍA DEL CALLEJÓN DE HAMEL

CASA DEL HABANO

poisson, porc et poulet rôtis ou frits et accommodés à la milanaise, *al ajillo* ou en sauce. 20 $US.

El Aljibe (E D2)
→ *Av. 7ma e/ 24 y 26*
Tél. 204 10 12 Tlj. 12h-0h
De l'avis unanime des Havanais, le meilleur poulet de la ville se prépare sous ces jolis toits campagnards. Rôti à la créole, il doit tout son succès à sa sauce à l'ail et à l'orange amère et à son accompagnement de bananes frites, de riz et de haricots noirs. 20 $US.

BARS, CAFÉS, GLACIER

Le Coppelia (E E4)
→ *Calle 23 esq. L*
Tél. 832 78 21
Mar.-dim. 11h-22h30
Véritable institution de La Havane, un glacier qui occupe tout une *quadra*. La queue est longue pour pouvoir goûter aux parfums vanille, fraise et chocolat et, selon la saison, goyave, mangue ou ananas.

El Caribeño (E E3)
→ *Calle 21 esq. N*
Tél. 832 03 83 Tlj. 12h-0h
Une galerie tout en longueur, où les habitués du quartier viennent boire des *mojitos* bien tassés. On paie en pesos cubains.

Bar La Torre (E E3)
→ *Edificio Focsa, Calle 17, n°55 e/ M y N*
Tél. 55 30 88 Tlj. 12h-0h
Du 33e étage de la tour Focsa, la ville a la taille d'une maquette et le Malecón se fond dans l'immensité bleue de la mer. Pour boire un verre à la limite du vertige !

MUSIQUE

Sabado de la Rumba (E B4)
→ *Gran Palenque Calle 4, n°103 e/ Calle 5ta y Calzada*
Tél. 833 45 60 Sam. 14h
La fièvre gagne vite les spectateurs entassés sous les arbres de la cour lorsque les joueurs de congas et les chanteurs se lancent dans des rumbas déchaînées.

La Zorra y el Cuervo (E E4)
→ *Calle 23 e/ N y O*
Tél. 866 24 02 Tlj. 23h-2h
Le meilleur du jazz afro-cubain dans cette cave enfumée où se sont produits les plus grands : le pianiste Chucho Valdés, le saxophoniste César López, le chanteur et guitariste George Benson et bien d'autres...

El Gato Tuerto (E E3)
→ *Calle O, n°14 e/ 17 y 19*
Tél. 55 26 96 Tlj. 23h-3h
Au "Chat borgne", les chansons populaires, les *boleros* et les *feelings* se succèdent sous le feu des projecteurs et la soirée se prolonge tard dans la nuit.

Unión de Escritores y Artistas de Cuba (E D4)
→ *Calle 17, n°351 esq. H*
Tél. 832 45 51 / 832 45 71-73
Mer. 17h-19h : rumba ou trova ; sam. 21h-0h : bolero
Dans les jardins de cette superbe demeure, les verres de rhum se vident avec allégresse au son de *peñas* endiablées.

La Maison (E E2)
→ *Calle 16 esq. Av. 7ma*
Tél. 204 15 43 Tlj. 10h-1h ; shows à 22h
Un lieu chic où l'on vient boire un verre au bord de la piscine, assister à un défilé de mode cubaine ou à un bon concert.

La Casa de la Música (E E2)
→ *Calle 20, n° 3301 e/ 33 y 35 Tél. 204 68 38 Lun. 16h-21h ; mar.-dim. 16h-20h, 23h-3h*
La plus grande scène de la ville pour écouter les meilleurs musiciens cubains. En matinée, l'entrée coûte moins cher et les Havanais viennent danser entre les petites tables serrées.

SHOPPING

La Habana si (E E4)
→ *Calle L esq. 23*
Tél. 55 31 62 / 55 17 93
Lun-sam. 10h-21h, dim. 10h-19h
Disques de musique cubaine, vieilles affiches et souvenirs en tout genre.

Feria del Malecón (E B3)
→ *Calle 1ra esq. D*
Jeu.-mar. 8h-18h
Tout l'artisanat local dans les allées de la Feria : broderies, bijoux, sculptures, céramiques, chapeaux et instruments à percussion.

Galería del Callejón de Hamel (E F4)
→ *Callejón de Hamel e/ Aramburu y Hospital*
Tél. 878 16 51 Tlj. 8h30-18h
Salvador González Escalona, muraliste du Callejón de Hamel, vend ses toiles et en reverse le bénéfice à l'association du Callejón.

Casa del Habano (E E2)
→ *Av. 5ta, n°407 esq. 16*
Tél. 204 79 74 / 204 69 63
Lun.-sam. 9h-18h
Peu fréquentée par les touristes, une boutique bien approvisionnée, avec fumoir privé pour les connaisseurs.

MONUMENTO A CALIXTO GARCÍA

MUSEO DE ARTES DECORATIVAS

NTA AVENIDA

MAQUETA DE LA HABANA

PARQUES DE ZAPATA Y DE GANDHI

glesia de Nuestra ñora del Carmen (E E4)
Calzada de Infanta . Neptuno Tél. 878 51 68 -sam. 7h-10h, 16h30- 30 ; dim. 7h-12h30, 30-20h
x tours pour cette se de 1925, dont la plus te (60 m) est coiffée e Vierge en bronze ,50 m de haut et rès de 9 t. Ses piliers as-côtés sont décorés ulejos jaune, vert et , de facture sévillane, llustrent des scènes Bible. Ses dix retables ques du XVIIIe s. iennent de l'église San e de La Habana Vieja.

★ Callejón de Hamel (E F4)
→ *Callejón de Hamel e/ Aramburu y Hospital Tél. 878 16 61*
Rumba : *dim. 12h-15h30 ;*
Niños : *3e sam. du mois 10h ;*
El Tecón *(le thé avec) : dernier ven. du mois 20h30*
Des fresques aux couleurs ardentes, dues à Salvador González Escalona, couvrent les portes et les façades de cette rue piétonne du Centro. Ce fervent *santero* (initié à la *santería*, religion afro-cubaine) inspiré par Miró, Dalí et Picasso et considéré comme l'un des plus grands muralistes latino-américains, a fait de cette rue le cœur de la culture afro-cubaine à La Havane en y projetant ses visions depuis 1990.

★ Quinta Avenida (E E2)
→ *Av. 5ta esq. O*
Évocatrice de la célèbre 5e Avenue de New York, la Quinta Avenida aligne ses somptueuses résidences devenues le siège d'ambassades ou de consulats. Une belle promenade architecturale à faire à pied le long de l'allée centrale.

★ Maqueta de La Habana (E D1)
→ *Calle 28, n°113 e/ Av. 1ra y 3ra Tél. 202 73 22 Tlj. 9h30-17h15*
Pour tout comprendre de l'urbanisme de La Havane, une gigantesque maquette au 1/1 000 (144 m²), fruit de 13 ans de travail. Elle permet de suivre, bien mieux que dans un livre d'architecture, les différentes étapes de construction de la ville.

★ Parques de Zapata y de Gandhi (E D2)
→ *Av. 5ta e/ 24 y 26*
Deux petits parcs, de part et d'autre de la Quinta Avenida, dont les immenses *jagueys* (ficus) se tutoient au-dessus des rotondes. À voir, les bustes du révolutionnaire mexicain Zapata et du Mahatma Gandhi.

UNIVERSIDAD DE LA HABANA

MUSEO DE HISTORIA NATURAL FELIPE POEY

MUSEO ANTROPOLÓGICO MO

★ Plaza de la Revolución (F D2-D3)
Conçue par Batista en 1952 pour devenir le centre administratif de la capitale, cette immense esplanade de 4,5 ha accueillit près d'un million de personnes lors des rassemblements du Parti dans les années 1960. Autour, le Teatro Nacional et la Biblioteca Nacional, le Ministerio del Interior – dont la façade arbore un portrait de Che Guevara –, le Ministerio de la Defensa (FAR) et, au sud du Memorial José Martí, le Palacio de la Revolución, où travaille Castro et siège le comité central du PCC.

★ Memorial José Martí (F D3)
→ *Plaza de la Revolucíon*
Tél. 59 23 35
Lun.-sam. 9h30-17h30
De ses 139 m de haut, l'obélisque élevé sur la base d'une étoile à 5 branches (1958) toise la statue de José Martí. À l'intérieur, photos et documents retraçant la vie du héros révolutionnaire et poète national et, du sommet, vue saisissante sur la ville.

★ Museo Postal Cubano (F D2)
→ *Av. Rancho Boyeros esq. Aranguren*
Tél. 881 55 51
Lun.-sam. 9h-17h
Sous le slogan *Venceremos* ("Nous vaincrons"), qui signale le Ministerio de los Comunicaciones, une belle collection de timbres cubains accompagnés, pour certains, de leurs dessins originaux.

★ Cementerio de Cristóbal Colón (F B2-C3)
→ *Calle 12 esq. Calzada de Zapata*
Tél. 833 41 96 Tlj. 8h-17h
Un véritable musée en plein air que cet extravagant fouillis de tombeaux, de mausolées pompeux et de panthéons collectifs. À côté d'une chapelle octogonale de style néobyzantin, la tombe fleurie de la Milagrosa ("Miraculeuse" jeune mère morte en 190 dont les Cubains ont fait protectrice de la materni

★ Quinta de los Molin (F E1-E2)
→ *Av. Carlos III e/ G y Infa*
Tél. 879 88 50 Tlj. 9h-17h
Perdue au milieu des statues, des fontaines e des gloriettes d'un vaste parc, la résidence d'été gouverneurs espagnols (1840) est représentativ des riches villas (*quinta* édifiées à l'époque dan quartier. Máximo Góme commandant en chef de l'armée de libération

PLAZA DE LA REVOLUCIÓN

MEMORIAL JOSÉ MARTÍ

MUSEO POSTAL CUBANO

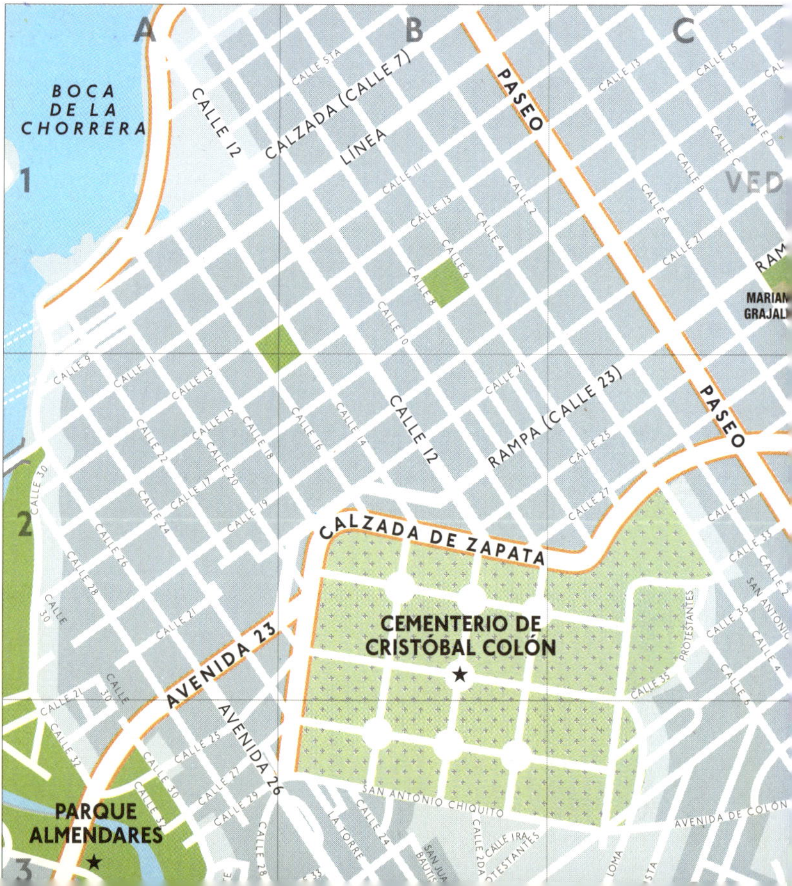

Monumentale, la Plaza de la Revolución paraît s'étirer à perte de vue. La sévérité du Memorial José Martí et des édifices publics érigés tout autour accentue son austère théâtralité. Seuls, des *murales* révolutionnaires égayent de leurs couleurs vives les larges avenues voisines qu'aucun restaurant ni café ne vient animer. Au nord, l'université ordonne dignement ses édifices néoclassiques, tandis que, à l'ouest, le Cementerio de Colón étale un pittoresque fouillis de tombes à l'antique. Du haut de la colline du Vedado, on peut choisir de dévaler la bruyante Calle 23 ou la pompeuse Avenida de los Presidentes pour rejoindre la mer.

LA CASA

FRESA Y CHOCOLATE

Restaurants

La Amistad (F C1)
→ *Paseo e/ 17 y 19*
Tél. 830 80 37 Lun., mer.-ven. 11h-23h, mar., sam. 11h-19h, dim. 11h-18h
Passé le hall somptueux de la Casa de la Amistad, on s'installe aux petites tables de jardin disposées sous les arbres de la terrasse. Une pause délicieuse pour se rafraîchir et se restaurer légèrement de poulet frit, de spaghettis ou d'une pizza. 5 $US.

Casa Sarasua (F D1)
→ *Calle 25, n° 510, apto. 1 e/ H y I Tél. 832 21 14*
Lun.-sam. 12h-23h
Un *paladar* niché à l'étage d'un immeuble tranquille du Vedado. Le propriétaire, collectionneur d'armes, a tapissé les murs de sabres, de mousquetons et de pistolets du XVIIe au XXe s. On apprécie les savoureux plats cubains dans un calme presque religieux. 8 $US.

Paladar Gringoviejo (F D1)
→ *Calle 21, n°454 e/ E y F*
Tél. 831 19 46 Tlj. 12h-23h
Le Vieil Homme, titre d'un roman de Carlos Fuentes, est aussi le surnom de l'artiste sculpteur qui tient ce *paladar* depuis huit ans. L'ambiance chaleureuse et la cuisine cubaine traditionnelle attirent toujours plus de gourmands. 15 $US.

La Casa (F B3)
→ *Calle 30, n°865 e/ 26 y 41*
Tél. 881 70 00
Lun.-sam. 12h-0h
Coup de cœur pour ce *paladar* logé à l'écart de la ville, dans une maison des années 1950, où vivent aussi deux crocodiles et des tortues. Transmises de mère en fille, les recettes sont exquises : croquettes et beignets, filet de poisson aux amandes et purée maison. 15 $US.

Primavera (F C1)
→ *Paseo e/ 17 y 19*
Tél. 830 31 14 Tlj. 11h-23h
Ses hauts plafonds et son style néoclassique un peu froid font toute la classe de ce restaurant élégant. Service prévenant et assiettes parfumées : crevettes fraîches, brochettes de bœuf, filet mignon ou langouste grillée. 15 $US.

Paladar Aries (F E1)
→ *Av. Universidad (27 de Noviembre), n°456 e/ J y K*
Tél. 832 41 18 Tlj. 12h-0h
Horloges et pendules décorent les murs de ce *paladar* très chic.

ALÓN DE ENSAYO DE BENNY MORÉ

LOS LIBROS DE LUÍS

MERCADO CALLE 19 Y A

L'estouffade de crabe, les côtes de porc, les calamars *a la plancha* et le flan maison sont servis sur des nappes rouges et des sets de table dorés. 17-20 $US.

CAFÉS

El Cochinito (F D1)
➔ *Calle 23 e/ H y I*
Tél. 832 62 56 Tlj. 12h-23h
Loin des bruits de la circulation, la dernière terrasse au fond de la cour profite de l'ombre d'immenses *jagueys*. Idéal pour un rafraîchissement rapide.

Cafetería Fresa y Chocolate (F B2)
➔ *Calle 23 e/ 10 y 12*
Tél. 833 92 78
Tlj. 12h-0h
Ambiance 7e art pour le café de l'Instituto Cubano de Arte e Industria Cinematográfica : vieilles bobines et photos de film éclairées par une grande verrière.

MUSIQUE, DANSE, SPECTACLES

Salón de Ensayo de Benny Moré (F F1)
➔ *Calle Neptuno, n°960 e/ Hospital e Aramburu*
Tél. 878 88 27
Lun.-ven. 8h-12h, 13h30-17h
Dans une rue populaire du Centro, la salle de répétition de la maison de production EGREM laisse sa porte ouverte, permettant aux passants d'écouter d'excellents groupes de *son*, de *guaracha* et autres musiques traditionnelles.

Casa de la Amistad (F C1)
➔ *Paseo e/ 17 y 19*
Tél. 830 80 37
Peña del chan chan : *mar. 21h ;*
noche cubana : *sam. 22h*
Dans le jardin, un très bon spectacle de danse cubaine précède la célèbre *peña del chan chan*, bœuf de musiciens instauré en 1997 par Compay Segundo, du Buena Vista Social Club. Le *son* est à l'honneur et les couples se forment sous les étoiles.

Ciné Chaplin (F B2)
➔ *Calle 23, n°1157 e/ 10 y 12*
Tél. 831 11 01 Tlj. 17h, 20h
Films cubains et internationaux dans cette salle de 1 200 places, inaugurée en 1989 par la Cinemateca de Cuba. À suivre, en décembre, l'excellent Festival Internacional del Nuevo Cine Latinoamericano.

Teatro Nacional de Cuba (F D2)
➔ *Paseo e/ 37 y 39*
Tél. 879 60 23 / 873 57 13
Ven.-sam. 20h, dim. 17h ; en semaine, selon la programmation
Le Théâtre national de Cuba occupe un grand bâtiment moderne élevé en 1958 sur la place de la Révolution. Ses deux salles, Covarrubias et Avallaneda, accueillent des pièces de théâtre (en espagnol) et de nombreux concerts.

Estadio Latino americano (F E3)
➔ *Calle Patria esq. Pedro Pérez Tél. 870 65 27*
Mar.-jeu., sam. 20h ; dim. 14h
58 000 places dans ce stade où les aficionados de *pelota*, le base-ball cubain, assistent aux matchs qui opposent les deux équipes locales : Los Industriales et Los Metropolitanos.

SHOPPING

Delicatessen (F B2)
➔ *Galeria Amazón, Calle 12 esq. 23 Tél. 831 95 98*
Lun.-sam. 10h-19h, dim. 10h-15h
Sur les étagères, tous les rhums de Cuba : Caribbean Club, Carta Blanca, Varadero, Caney, Cubanacán et le célèbre Havana Club. Également, des vins et des alcools internationaux.

Los Libros de Luís (F B2)
➔ *Calle 23, n° 1208 e/ 12 y 14 Lun.-ven. 10h-17h*
Au bord de la route, Luís installe ses rayonnages de bois remplis de livres d'occasion. Au petit bonheur la chance, le chineur dénichera un atlas de géographie ou un traité de Marx.

Fabrica Romeo y Julieta (F F2)
➔ *Calle Belascoain e/ Peñalver y Desague*
Tél. 870 47 97
Lun.-sam. 9h-17h, dim. 9h-13h
Paradis des fumeurs de cigares, un immense *humedor* vitré conserve les précieuses boîtes de Hoyo de Monterrey, de Bolívar, de Trinidad, de Cohiba, de Montecristo...

Mercado Calle 19 y A (F C1)
➔ *Calle 19 esq. A*
Mar.-dim. 8h-17h
Grande animation dans les allées de ce marché approvisionné par les fermes d'État et l'agriculture privée : viandes, légumes et fruits frais et *cajitas* (petits plats à emporter).

MENTERIO DE CRISTÓBAL COLÓN

QUINTA DE LOS MOLINOS

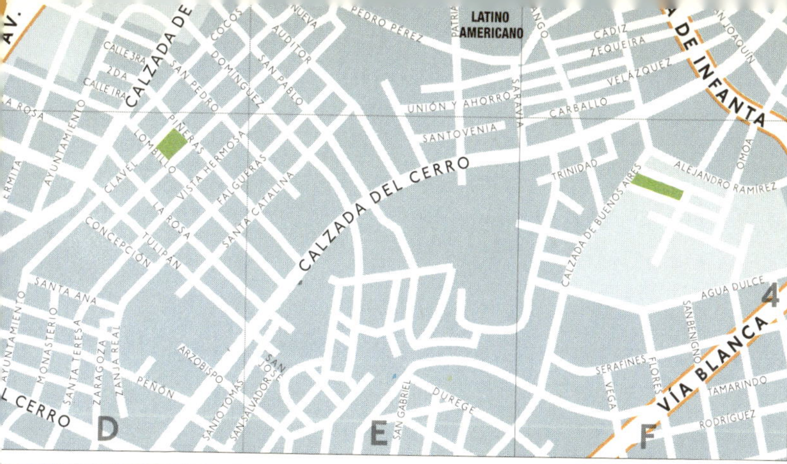

MUSEO NAPOLEÓNICO

PARQUE ALMENDARES

ésida trois mois en 1899. petit musée lui est dédié.

Universidad La Habana (F E1)

Calle L e/ 27 de Noviembre n Rafael Lun.-ven. 9h-16h
scalier de 88 marches once le néoclassicisme ndiose de l'université, lacée sur la colline du ado en 1902. Une *Alma er* en bronze trône ied d'un portique lonnes corinthiennes ière lequel s'ouvre laza Ignacio monte, cœur ampus. Dans a magna (grand hi), belle fresque ale de Menocal (1910).

★ Museo de Historia Natural Felipe Poey (F E1)

→ *Plaza Ignacio Agramonte, Universidad Tél. 879 34 88 Lun.-ven. 9h-12h, 13h-16h*
Le premier musée consacré à la faune cubaine a conservé ses vitrines en bois au charme suranné. S'y côtoient toutes les espèces de l'île : lamantin, chauve-souris, crocodile, oursin, éponge, pélican et trogon de Cuba (*tocororo*), l'oiseau national.

★ Museo Antropológico Montané (F E1)

→ *Plaza Ignacio Agramonte, Universidad Tél. 879 34 88 Lun.-ven. 9h-12h, 13h-16h*
Une muséographie presque inchangée depuis l'ouverture du musée, en 1905, pour cette importante collection d'art pré-hispanique : objets usuels, crânes, corail sculpté et statuette de l'idole du Tabac, plus ancienne sculpture sur bois cubaine connue (XVe s.).

★ Museo Napoleónico (F E1)

→ *Calle San Miguel, n°1159 esq. Ronda Tél. 879 14 60 Lun.-sam. 10h-17h30*
Près de 7 000 objets réunis par Julio Lobo, milliardaire cubain vouant un véritable culte à Napoléon : masque mortuaire de l'Empereur, porcelaines, bronzes, pistolets et lunettes d'approche ornent les salons décorés dans le style Empire. Au 4e étage de cette élégante villa, superbe bibliothèque riche de 4 000 ouvrages sur Napoléon.

★ Parque Almendares (F A3)

→ *El Bosque, Calle 49 sous le Puente de la Calle 23*
Dans le bois de La Havane qui longe les courbes du Río Almendares, un grand parc où il fait bon flâner à l'ombre des immenses *jagueys*, ficus dont les branches et les racines se confondent. Nombreux concerts en plein air.

VIEILLE AMÉRICAINE DANS LE CENTRO

de la ville, un hôtel ouvert depuis 1926 et que des décennies de service ont passablement fatigué. Ses 135 chambres ont surtout les faveurs des jeunes et des routards. 46 $US.

Hotel Lido (D E3)
→ *Calle Consulado, n°216 e/ Trocadero y Ánimas Tél. 867 11 02 à 06*
Un hôtel de 65 chambres construit en 1954 en plein cœur du Centro par un homme d'affaires italien. Déco sommaire mais récemment rafraîchie et terrasse dominant la ville. 50 $US.

Convento de Santa Clara (B C2)
→ *Calle Cuba, n°610 e/ Sol y Luz Tél. 861 33 35*
Le couvent de Santa Clara loue neuf chambres de son cloître jaune et bleu aux voyageurs. Le confort est un peu spartiate, mais le cadre ne manque pas de cachet. 50 $US.

Hotel Caribbean (D E3)
→ *Prado, n°164 esq. Colón Tél. 860 82 10 / 33*
Un hôtel central, qui convient aux petits budgets. Ses 36 chambrettes sont plutôt vieillottes et celles qui donnent sur le Prado, un peu bruyantes, mais l'accueil est chaleureux. 54 $US.

Casa del Científico (D E3)
→ *Prado, n°212 e/ Colón y Trocadero Tél. 862 45 11*
Les hauts plafonds écaillés, les moulures aux couleurs passées et les miroirs piqués confèrent un charme insolite à ce palais de 1915 qui tombe en ruine, faute de moyens. 11 chambres au confort approximatif et un accueil gracieux. 55 $US.

El Mesón de la Flota (B C1)
→ *Calle Mercaderes, n°257 e/ Amargura y Teniente Rey Tél. 863 38 38*
Cette "Auberge de la Flotte" (1876), qui a logé bien des matelots en escale, dispose de 5 chambres décorées de marines et portant le nom de navires de guerre du XVIIe s. 60 $US.

Hotel Saint John's (E E4)
→ *Calle O, n°216 e/ 23 y 25 Tél. 33 37 40*
Un hôtel de 1957, bruyant et sans grand cachet, mais idéalement situé à l'angle de la Rampa, dans le quartier du Vedado. 87 chambres propres et fonctionnelles sur 14 étages... Et au dernier, une minuscule piscine et un cabaret-karaoké un peu bruyant. 80 $US.

100-150 $US

Hostal Valencia (A C6)
→ *Calle Oficios, n°53 esq. Obrapía Tél. 867 10 37*
Un prix très doux pour passer la nuit dans une maison coloniale du XVIIIe s.,

Scooter

Rumbos (E D1)
→ *Calle 30 esq. Av. 3ra Tél. 204 54 91*
Compter 25 US$/j. Tarifs dégressifs.

Voiture

La conduite est périlleuse à La Havane, et la signalisation inexistante sur les routes de l'île.

Location
Compter 60 $US/j. pour une petite voiture, en haute saison.

Transtur (E E3)
→ *Calle 23 esq. Malecón Tél. 870 22 57*

Havanautos (E E4)
→ *Calle 23 esq. M Tél. 33 34 84*

Micar (E E3)
→ *Calle 23 esq. Malecón Tél. 55 35 35*
→ *Aeropuerto Tél. 33 31 30*

Transgaviota
→ *Tél. 203 70 00*

Cubacar
→ *Tél. 204 21 04*

Limitation de vitesse
Centre-ville : 50 km/h
Agglomération : 60 km/h
Route : 110 km/h.

Bus

Terminal de Ómnibus Interprovincial (F D2)
→ *Av. Rancho Boyeros e/ 19 de Mayo y Bruzón Tél. 870 94 01 à 05 Tlj. 24h/24*
Deux compagnies aux cars toujours bondés pour Varadero (3h), Viñales (3h), Trinidad (6h) et Santiago de Cuba (16h).

Viazul (F B4)
→ *Av. 26 esq. Zoológico Tél. 881 14 13 / 881 56 52*
La meilleure compagnie : autocars tout confort.

Avion

Paris-La Havane : 10h
Aeropuerto Internacional José Martí
→ *À 20 km au sud ; 30 min Tél. 33 56 66*
Liaison centre-ville
→ Taxi
12-15 $US
Taxe d'aéroport
25 $US au départ du pays
Air France (E E4)
→ *Hotel Habana Libre, Calle 23 esq. L*
Tél. 66 26 42
Cubana de Aviación (E E3)
→ *Calle 23, n°64 esq. Malecón*
Tél. 33 19 86 à 88

GRANDS AXES DE SORTIE DE LA HAVANE

Sauf indication contraire, les prix indiqués ci-dessous sont ceux d'une nuitée pour 2 pers. en chambre double avec salle de bains (sdb) et petit déj. en haute saison.

"Casas particulares"

Loger chez l'habitant pour un prix modique, sous réserve d'une chambre disponible !

Iliana García (F C2)
→ *Calle 2, n°554 e/ 23 y 25*
Tél. 31 33 29
Pour dormir au calme dans cette maison blanche et fraîche du Vedado. Lit double dans les deux chambres spacieuses et rocking-chairs confortables sur la petite terrasse. 20 $US.

La Roomantic Colonial (C D1)
→ *Calle Amistad, n°178 e/ Neptuno y Concordia*
Tél. 862 23 30
La famille Puig offre à ses hôtes tout le premier étage de cet immeuble du Centro : deux belles chambres, un grand salon, une cuisine et un balcon. 20 $US.

Miriam Soto Delgado (B C2)
→ *Calle Cuba, n°611, apto. 4 e/ Luz y Santa Clara*
Tél. 862 71 44
et aussi : Olga, apto. 1
Tél. 867 45 61 ;
Noemi, apto. 2 Tél. 862 38 09
Face au Convento de Santa Clara, Miriam reçoit chez elle avec chaleur. Deux chambres décorées de rideaux au crochet et de fleurs en plastique. 25 $US.

Adriano y Zenaida Moreno (C B1)
→ *Calle Concordia, n°416 e/ Gervasio y Escobar*
Tél. 862 27 15
Donnant sur la cour, deux belles chambres qui accueillent jusqu'à trois personnes chacune. Accès indépendant par un charmant balcon. 25 $US.

Ernesto Cardoso Vega y Juana Benítez Pérez (B B3)
→ *Calle Luz, n°310 e/ Habana y Compostela*
Tél. 861 51 64
Un lumineux appartement niché dans une maison coloniale de La Habana Vieja et bichonné par ses propriétaires souriants. Trois chambres et une superbe terrasse. 25 $US.

Orlando y Lisette (B B2)
→ *Calle Aguacate, n°509, apto. 301 e/ Sol y Muralla*
Tél. 867 57 68
et aussi : Elvia, apto. 402
Tél. 867 59 74 ; Luís et Fefita, apto. 403 Tél. 867 64 33
Un ascenseur poussif permet d'éviter la cage d'escalier obscure de cet immeuble de la vieille ville où la joviale et bavarde Lisette loue une chambre proprette. 25 $US.

Marilys Herrera González (E F4)
→ *Calle Concordia, n°714 e/Soledad y Aramburu*
Tél. 870 06 08
À deux pas du Callejón c Hamel, une belle maison dont les deux chambres offrent tout le confort : li double, télévision, chaîn hi-fi et cuisine moderne à disposition. Grande terrasse sur le toit. 30 $U

Jesús y María (B B2)
→ *Calle Aguacate, n°518 e/ Sol y Muralla Tél. 861 13*
Un perroquet a élu domicile dans le patio et les plantes indisciplinées foisonnent sur la terrasse Trois chambres climatisée dont une suite avec salon et petite cuisine. 30 $US.

Moins de 100 $U

Hotel Lincoln (D C3)
→ *Calle Galiano e/ Virtudes y Animas Tél. 33 82 09*
Parmi les moins coûteux

Transports et hôtels à La Havane

Les rues, les monuments et lieux de visite sont classés par ordre alphabétique. Les mentions qui suivent chaque toponyme permettent de le situer dans l'une ou plusieurs des six zones géographiques (**A, B, C**...) présentées dans le guide et sur le plan correspondant (C3, F5...).

Rues

"GUAGUA"

Hotel Presidente (E C3)
→ *Calzada, n°110*
esq. Av. de los Presidentes
Tél. 855 18 01 / 04
Cet hôtel de 1925 a été soigneusement rénové en 2000, comme en témoignent ses marbres, ses lustres, ses canapés grenat et son mobilier de style Empire. 158 chambres grand confort et belle piscine entourée de chaises longues. 142 $US.

150 $US ET PLUS

Hotel San Miguel (A B4)
→ *Calle Cuba, n°52*
esq. Peña Pobre
Tél. 862 76 56
Un palais néoclassique remanié dans les années 1920 par son propriétaire de l'époque, homme de lettres et mécène. De vieux portraits sévères décorent les 10 chambres spacieuses, et la terrasse offre une vue sublime sur la rade et les forteresses qui gardent l'entrée du port. 150 $US.

Tryp Habana Libre (E E4)
→ *Calle L e/ 23 y 25*
Tél. 855 40 11
C'est dans cette immense tour moderne (1958) de 25 étages que Fidel Castro installa sa *comandancia* en 1959. Quatre restaurants, quatre bars, neuf salles de réunion, boutiques, boîte, piscine et 572 chambres. Sur la façade principale, *mural* en céramique d'Amelia Peláez. 160 $US.

Sofitel Sevilla (D E3)
→ *Calle Trocadero, n°55*
e/ Prado y Agramonte
Tél. 860 85 60
Tout juste rénové, le Sevilla (1908) affiche un élégant style hispano-mauresque sur sa façade, dans son hall et son patio décorés d'azulejos. 178 chambres lumineuses et confortables, avec vue sur le Capitolio, le Malecón ou le Prado. Grande piscine. 170 $US.

Hotel Nacional (E E3)
→ *Calle O esq. 21*
Tél. 873 35 64 à 67
"Le" palace (1930) de La Havane, où descendent les plus illustres personnalités. Ses jardins, ses piscines, ses salons et ses 457 chambres s'étagent face à la mer. 170 $US.

Hotel Santa Isabel (A C5)
→ *Calle Baratillo*
e/ Obispo y Narciso López
Tél. 860 82 01
L'un des joyaux architecturaux de la Plaza de Armas, la Casa del Conde de Santovenia abrite un hôtel depuis 1867 : 27 chambres grand luxe distribuées autour du patio de ce somptueux palais colonial du XVIIIe s. 200 $US.

TAXI

Dans une adresse figure toujours l'angle de la rue la plus proche (*esq.*) ou les deux rues entre lesquelles elle se trouve (*e/ ... y ...*).

Bici taxi
Cyclo-pousse cubain, commode dans la vieille ville et bon marché, à condition de négocier le prix de la course. Petit trajet dans La Habana Vieja : 3 $US.

Coco taxi
Scooter-tricycle jaune orangé en forme de noix de coco, rapide et amusant. 0,5 $US/km.

Taxi officiel
Prise en charge : 1 $US. Habana Vieja-Centro : 3 $US ; Habana Vieja-Vedado : 5 $US ; Habana Vieja-Miramar : 8 $US (prix indicatifs).

Panataxi
→ *Tél. 855 55 55*
Jaunes ; bon marché.

Taxis OK
→ *Tél. 204 14 46*
Blancs.

Gran Car
→ *Tél. 33 56 47*
Voitures des années 1950.

"Taxi particular"
Vieilles américaines et Lada. Faute de compteur, prix fluctuants, souvent élevés. Location à la journée : 20-25 $US.

Taxi collectif
Signalés par un panneau sur le pare-brise, ils sont en principe réservés aux Cubains et acceptent rarement les touristes. Trajet unique et arrêt à la demande. 10 pesos.

"GUAGUA"

Prononcer "wawa". Les bus bondés que les Havanais, disciplinés, attendent en file durant 30 min, voire 1h. Ticket : 40 centavos.

TRAIN

Estación Central de Ferrocarriles (B A4)
→ *Av. Egido Tél. 862 80 21*

Agencia La Coubre (B A4)
→ *Monserrate esq. Av. del Puerto Tél. 862 27 90 / 860 31 63-64*
Achat de billets pour Pinar del Río (5h), Cienfuegos (10h) et Santiago de Cuba (17h).

BICI TAXIS

COCO TAXI

SIDE-CAR

au cœur de la vieille ville. Les 11 chambres, très vastes et joliment meublées, donnent sur un patio à la végétation exubérante. 100 $US.

Hotel Deauville (D C2)
→ *Calle Galiano, n°1 esq. Malecón Tél. 833 88 12*
Sur le Malecón, un immeuble de 14 étages sans grand charme, mais dont les 144 chambres jouissent d'une vue sublime sur la mer. On loge le plus haut possible pour éviter le bruit de la circulation et, au 6ᵉ étage, on plonge dans la piscine avec délices. 100 $US.

Hotel Victoria (E E3)
→ *Calle 19 esq. M Tél. 33 35 10*
Une jolie maison des années 1920 au cœur du Vedado et à deux pas de la Rampa. 31 chambrettes calmes et douillettes et un accueil personnalisé. Dans le jardin, petite piscine pour un bain rafraîchissant. 100 $US.

Hotel Ambos Mundos (A C6)
→ *Calle Obispo, n°153 esq. Mercaderes Tél. 860 95 29 / 31*
Mythique hôtel où Ernest Hemingway séjourna dans les années 1930 et où il écrivit les premiers chapitres de son roman *Pour qui sonne le glas*. 52 chambres à la déco très classique et superbe terrasse sur le toit. 110 $US.

Hotel Los Frailes (B C2)
→ *Calle Teniente Rey e/ Oficios y Mercaderes Tél. 862 93 83*
Une fontaine miroite dans le patio tout en longueur de cette demeure du XIXᵉ s. L'hôtel "Les Frères" affiche un décor de retables, de peintures sacrées et de vitraux, son personnel est vêtu de bure, et la simplicité des 22 chambres invite à la méditation. 110 $US.

Hotel Beltrán de Santa Cruz (B C2)
→ *Calle San Ignacio, n°411 e/ Muralla y Sol Tél. 860 83 30*
L'ancienne propriété de Gabriel Beltrán de Santa Cruz a accueilli d'illustres visiteurs : les comtes de Montpensier et de Beaujolais, le duc d'Orléans et le naturaliste allemand A. von Humboldt. Un décor jaune et bleu et 11 chambres spacieuses et confortables. 110 $US.

Hotel El Comendador (A C6)
→ *Calle Obrapía, n°55 esq. Baratillo Tél. 867 10 37*
Beaucoup d'intimité dans les 14 chambres garnies de beaux meubles de style, et l'on pourrait se croire l'invité de riches colons espagnols du XVIIIᵉ s. Des murs blancs, des boiseries bleues, des tomettes rouges et des colonnes de pierre agrémentent le délicieux patio. 110 $US.

Hotel Plaza (C E1)
→ *Ignacio Agramonte, n°267 esq. Neptuno Tél. 860 85 83*
Ce somptueux hôtel élevé en 1909, sur la base d'un triangle, conserve une certaine élégance : des colonnes néoclassiques et une fontaine de marbre décorent le hall, coiffé d'une coupole. Les 188 chambres, très standard, donnent sur la rue ou sur le patio. Agréable terrasse au dernier étage. 120 $US.

Hotel Inglaterra (C E1)
→ *Prado, n°416 esq. San Rafael Tél. 860 85 94*
Un hôtel de 1856, remanié en 1891 et en 1915 et classé monument national. Les pilastres et les balcons en fer forgé de cet imposant édifice de style éclectique font face aux palmiers royaux du Parque Central. Dommage que ses 83 chambres manquent d'une touche de gaieté. 120 $US.